Alfred von Hedenstjerna

Der Quislinger Pastor

Eine Novelle aus Schweden

Übersetzt von Margarethe Langfeldt

Alfred von Hedenstjerna: Der Quislinger Pastor. Eine Novelle aus
Schweden

Übersetzt von Margarethe Langfeldt.

»Kommunistern i Qvislinge«, 1891. Erstdruck der deutschen
Übersetzung von Margarethe Langfeldt: Leipzig, Haessel, 1893.

Neuausgabe
Herausgegeben von Karl-Maria Guth
Berlin 2019

Umschlaggestaltung von Thomas Schultz-Overhage unter Verwendung
des Bildes: Carl Larsson, Sundborns gamla kyrka, um 1895

Gesetzt aus der Minion Pro, 12 pt

ISBN 978-3-7437-2656-7

Druck: Libri Plureos GmbH, Friedensallee 273, 22763 Hamburg

Die Deutsche Nationalbibliothek verzeichnet diese Publikation in der
Deutschen Nationalbibliografie; detaillierte bibliografische Daten sind
im Internet über www.dnb.de abrufbar.

Verlag: Henricus - Edition Deutsche Klassik GmbH
Mörchinger Str. 33, 14169 Berlin, info@henricus-verlag.de

Inhalt

1. Ein kleines, eigenes Heim

»Hier ist es, Mutter!«

»Nein, Herr Gott, sind wir nun da, Arvid!«

»Ja, Mutter.«

Es lag ein triumphierender Klang in seiner weichen, liebevollen Stimme, als er die Zügel anzog, sich zu dem alten Weibchen an seiner Seite niederbeugte und mit dem Peitschenstiel auf einige rote, puppenhafte Häuschen deutete, die rechts vom Wege auf einer kleinen, sonnenbeglänzten Insel lagen. Das größte der Häuser hatte weißgetünchte Balken und eine richtige Veranda.

Im Kalender war es April, und ungewöhnlicherweise auch in der Natur. Die Frühlingsstürme hatten den Birkenhainen übel mitgespielt; die weißen Stämme schimmerten in demselben Grau wie die Erdhügel zu ihren Füßen. Der kleine, gewundene Weg war bodenlos durch die überströmenden Quellen und zeigte tiefe Furchen, welche die Wagenräder gepflügt hatten. Der Hain zur Linken des Weges sah kahl, trostlos und abgestorben aus. Aber auf dem Felde lag die Frühlingssonne, zur Rechten leuchteten die Wogen des Sees hinter den roten Häuschen und in den Büschen sangen kleine, unsichtbare Vogelchöre: »April! April!«

Es war auch Frühling in ihm, der dort aufrecht in dem einfachen Stuhlwagen saß und sich mit liebeglänzenden Augen zu dem alten Mütterchen niederbeugte und ihr die roten Häuschen am See zeigte, als seien sie der ganze Reichtum und die ganze Herrlichkeit der Welt. Der Wintersturm hatte in der breiten Brust getobt; die Winternot der Armut hatte während langer, langer Jahre bei den beiden gewohnt, als die letzten Reste des bescheidenen Bauernwohlstandes draufgegangen waren, und sie in einer Mansarde studierten, darbten und hungerten in der Hoffnung auf einen Tag wie den heutigen. Dann kamen Konditions- und Universitätsjahre, Reisen, um Stipendien zu erbitten und Platzwechsel im Domstifte als Vertreter; lange, kalte Jahre, in denen man nicht einmal das Glück hatte, zusammen hungern, hoffen und frieren zu dürfen.

Doch nun war das alles vorüber. Dort unten am See lag Quislinges Pfarrhof, der ihm durch die freie Wahl der Gemeinde zugefallen war; die Welle sang: »April, April!«, und mit Frühling im Herzen und Sonnenschein im Gemüte fuhr Pastor Arvid Magnusson im abgetragenen Überrock durch grundlose Wege nach seinem eigenen Heim. Das zottige Pferdchen arbeitete sich mühsam durch die Weidenkoppel zum Pfarrhofe hinauf, so dass uns Zeit genug bleibt, Pastor Magnusson in Augenschein zu nehmen. Der Mund ist ein wenig grob geschnitten, das Kinn mit dem dunklen, bläulichen Bartschimmer springt mehr als nötig vor und die Nase ist nichts weniger als griechisch. Aber der kecke Kopf ist schön geformt, die hohe, breite, grade Stirn bedeckt dunkles, reiches Haar und darunter liegen ein Paar große, schwarze, warme Augen, die man nicht gut übersehen kann und die alle ungleichen Gefühlsstimmungen des Besitzers getreu abspiegeln. Im Ganzen ist es ein gesundes, männliches Antlitz, und keine Runzel, kein graues Haar, verrät, dass die vierunddreißig Jahre, die Pastor Magnusson zählt, so schwer und so reich an Kämpfen und Entbehrungen waren. Die Gestalt ist schlank, aber breitschulterig; das Ganze macht einen bedeutenden Eindruck, den Eindruck eines über das Durchschnittsmaß hinausgehenden Menschen, der vielleicht viel zu gut für Quislinge war.

Die Blicke des alten Mütterchens an seiner Seite strahlen auch, als sie, die Bescheidene, Zusammengeschrumpfte ihn, den Großen und Starken betrachtet. Ihr kleines Gesicht ist von weißen Locken umgeben, noch ist es voll und rötlich, aber voller Runzeln wie ein guter, alter Apfel im Dezember, und aus den Furchen glänzen ein Paar kleine, graue, gutherzige Augen, wie die

Sonne über einer alten Burgruine. Ein gutes Porträt der Mutter in feinen Kleidern hätte wohl den Eindruck einer feinen, alten Dame gemacht, aber der einfache Anzug, die große Demut und die Art, in der die Alte sich in unserer lieben Muttersprache ausdrückt, verraten bald das frühere Bauernmütterchen in Hültåkra[1].

Und Pastor Magnusson hätte gewiss nicht versucht, dies zu verheimlichen. Ihm ist seine Mutter, so wie sie ist, das Beste, Liebste und Höchste auf der Welt.

Das Pferdchen zieht den Wagen mit dem Mute der Verzweiflung und Aufwendung der letzten Kräfte.

Da liegt die neue Heimat.

Zwei klare Perlen träufeln die Wangen der Mutter hinab, als sie ihren zwanzigjährigen Traum in Gestalt roter Wände und weißer Balken vor sich sieht. Ein kleiner, schwarzer Fausthandschuh kriecht aus dem Mantel und berührt leise den abgetragenen Überrocksärmel.

»Arvidchen ...«

»Mutter«, flüsterte er tief in das rote, verfrorene Ohr, und dann hob er sie vom Wagen und setzte sie auf der Veranda nieder, wo das neue Dienstmädchen, Schusters Luise, die beiden knicksend empfing.

»Der Herr segne deinen Eingang! Möchtest du hier den Lohn für alle deine Liebe noch lange genießen!«

Und halb trug, halb führte er die Alte in das Eckzimmerchen, das auf den See hinausging.

Die Tagelöhnerfrau, die beim Scheuern geholfen hatte, stieß Luise in die Seite und sagte:

»Das muss ein ordentlicher Priester sein! Der betrinkt sich gewiss nicht auf den Weihnachtsgesellschaften wie der alte Pastor.«

1   zu lesen: Hültokra

Drinnen war es rein, fein und luftig. Freilich waren die Fußbodendielen abgenutzt und zeigten Astknoten und Risse – der Pastor musste die Gebäude selbst instandhalten – aber Luise und die Tagelöhner-Grete hatten sie blendend weiß gerieben. Freilich sah man es an den Wänden, wo die Bilder des alten Pastors gehangen hatten, bis die Witwe vor ein paar Jahren ausgezogen war; doch die Decke war weiß, und im Ganzen waren die Wände auch nicht so mitgenommen. Die Fensterscheiben glänzten, und die Speisekammerborten rochen nach Scheuerdunst. Auf der mittelsten standen zwei volle Blechschüsseln.

»Nein, sieh, Milch, unsere eigene Milch, Mutter!«, sagte der Pastor so voller Jubel wie ein Kind.

»Ja, die Kühe kamen heute Morgen, und die mit den großen Hörnern gibt reichlich Milch«, erklärte Luise.

Die Möbel waren auch vorausgeschickt worden. Die Gemeinde hatte sie holen lassen, und das war nicht zu viel verlangt, da es nur wenige waren; aber man musste die Fuhrleute doch einmal für die Beschwerde traktieren, meinte Luise.

Nun war es ein Leben, ehe man die paar Stühle und Tische richtig platziert hatte, gar nicht zu reden von dem »Salonsofa«, das man für dreiundzwanzig Kronen und fünfzig Öre aus dem Nachlasse des Kämmerers Lundeberg auf der Auktion in der Stadt erstanden hatte. Doch plötzlich fuhr der Pastor zusammen.

»Bewahre mich, ich habe Pålle vergessen!«

»Beruhigen Sie sich, Pastorchen! Die Kreaturen besorge ich bis Sonnabend, wo der Knecht kommt, und das Pferd ist im Stall und hat sein Futter«, erklärte Tagelöhner-Grete mit überlegener Miene.

»Aber, Luise, was in aller Welt soll das heißen?«, rief der Pastor aus, als er die Tür zum Speisezimmer öffnete und einen großen, aufgeklappten Tisch mit Pfannkuchen, Grütze, Rahmkäsen, Eierkränzen, Butterkringeln und Kuchenschüsseln bedeckt erblickte.

»Kreuz, lieber Herr Pastor, die Quislinger sind allzeit hier gewesen, um ihren Pastoren etwas zu bringen; aber ich habe aufgepasst, wer hier etwas hingelegt hat, denn die muss man auch wieder traktieren, wenn sie zur Kirche kommen.«

»Arvid!«

»Ja, Mutter.«

»Wenn du nicht zu müde bist, so möchte ich gern einmal die Ställe sehen.«

»Gern, liebes Mütterchen!«

Und so gingen sie über den schmutzigen Hof, er mit langen vorsichtigen Schlendertritten, sie trippelnd mit aufgerafftem Rocke. Drinnen in dem kleinen, niedrigen, dunklen Stall standen die neugekauften Stuten und drei kleine, blanke, hübsche Kühe. Die Bankanleihe hatte nicht zu mehreren gereicht, sonst konnte der Hof neun nähren.

Mutter in Hültåkra hatte ohne Groll Haus und Hof verlassen, für ihren Arvid gedarbt und entbehrt; nur ein Opfer konnte sie schwer vergessen, nur ein Scheiden von der Vergangenheit kam ihr bitter vor. Sie konnte ihre Kühe »Bläss, Bunte und Stern« nicht vergessen; sie waren ihr Stolz gewesen und hatten im ganzen Dorfe nicht ihresgleichen gehabt. Zwanzig Jahre hatte sie sie im innersten Herzen betrauert und beweint; ja, Gott helfe uns! Ich glaube, sie hat über die Tiere mehr Tränen vergossen als über ihren seligen Magnus. Aber, Herr Gott, das war wohl auch ein Unterschied. Der Herr hatte Magnus zu sich gerufen, aber die Kühe waren auf der Auktion verkauft worden. Doch nun standen da wieder drei kleine glänzende Kühe, und Mutter hatte keinen Wunsch mehr auf dieser Erde. Sie faltete ganz andächtig die Hände und sagte mit strahlenden Augen: »Arvid!«

»Was denn, Mütterchen?«

»Darf ich den Kühen Namen geben?«

»Ja, natürlich, liebe Mutter.«

»Dann sollen sie ›Bläss, Bunte und Stern‹ heißen, gerade so wie meine eigenen«, rief die Alte aus. »Sie sind hübsch gezeichnet, Arvid, der Kirchenvorsteher hat dich nicht angeführt.«

Als sie zurückkamen, hatte Luise die Kiste mit dem blaurandigen Porzellan, den Messern und Gabeln vor sich. Im Saale war gedeckt, und die von den Quislingern gebrachte Grütze schmeckte gut zu der eigenen Kuhmilch. So hatten die zwei oft an einem weniger reichbesetzten Tische zusammengesessen, drinnen in der Stadt in einer Dachkammer. Die Gefühle stürmten auf den Pastor ein. Nun war ihm manches klar, was er damals nicht geahnt hatte. Er erinnerte sich zweier Strömlinge auf einem kleinen gesprungenen Teller, die auf dem Tische standen, als er eines Tages warm und hungrig vom Schneeballwerfen aus der Schule kam. Den einen aß er gleich, und mit blitzenden Augen betrachtete er den andern. »Nimm ihn dir, Arvid, ich habe schon zwei gegessen und kann nicht mehr«, hatte die Mutter gesagt, und leichten Herzens nahm er auch den andern. Großer Gott, es war ja klar, dass sie gelogen hatte, dass sie selbst hungerte, um ihm mehr zuzuwenden. Es war nicht wert nun davon zu sprechen. Die Liebe seiner Mutter gab sich nur in Handlungen kund, seine gerührten Worte würde sie gar nicht verstehen. Aber seine großen, dunklen Augen wurden feucht, er klopfte sie leise auf die gebeugte Schulter und bat:

»Iss noch etwas Käse, Mutter!«

»Lieber Arvid, ich kann nicht mehr. Ich bin, Gott helfe mir, so satt, dass ich sterben könnte!«

2. Der erste Sonntag in Quislinge

»Bimbam, bimbam!«, tönten die Kirchenglocken über den See hin. Es war am ersten Sonntage im Mai. Die Wege waren am Rande trocken und ganz passierbar für Fußgänger. Außerdem mussten ja alle den neuen Prediger hören. Deshalb folgten die Leute massenweise dem Mahnrufe der Quislinger Kirchenglocken.

Es war eine alte Kirche aus dem fünfzehnten Jahrhundert mit einem hohen und einem niederen Teile, wie in alten Bauernhäusern, und ohne Turm, nur mit einem Ausbau am östlichen Ende, in dem die Sakristei lag. Der mittlere und zugleich tiefste Teil der Kirche, in dem Altar, Kanzel und die erste Hälfte der Bankreihen am »großen Gange« lagen, war die ursprüngliche Kirche. Das Übrige war 1740 angebaut, um Platz für Chöre zu gewinnen. Die Glocken hingen in einem Stuhle auf dem Kirchhofe, einem höchst merkwürdig aussehenden Glockenstuhle, einem Ding zwischen Galgen, Winde und der sogenannten Hypothenuse im Euklides. Außerdem war der Glockenstuhl etwas altersschwach, und da er infolge der langjährigen gemeinsamen Arbeit große Sympathie für die Glocken hegte, so bewegte er sich, sobald sie munter erklangen, nach derselben Melodie, nur in etwas langsamerem Rhythmus. Wenn es stürmte, war es eine richtige Kraftprobe, beim Zusammenläuten in Quislinge zu helfen; und bewundernde Jungfräulein standen unten zwischen den Gräbern und blickten mit gespanntem Entzücken und ein bisschen Herzklopfen zur Anhöhe hinauf, wo ihre Buben, in Lederhosen und mit, mitten im Sommer, möglichst bunten Wollenhalstüchern die Stränge zogen, und sie fühlten sich gerade so stolz wie die Edeldamen aus der Ritterzeit, die mit den Augen den Federbüschen ihrer Helden im Turniergetümmel folgten.

Aber schön war der Glockenklang, doppelt schön, wenn er, wie jetzt, sich hinausschwang in die Höhe, in die klare blaue Frühlingsluft, über spiegelndes Wasser und über Inseln, wo die Natur zum Leben zu erwachen schien.

Draußen auf dem Kirchenhügel war Bewegung und Gewimmel. Eine eingeschmutzte Karre und ein Federwagen nach dem andern rollte den Hügel herauf, und wenn Perla vorher noch so geschont worden war, nun bekam sie gewiss einen sachten Klapps oder einen kleinen wohlgemeinten Kniff ins Schenkelteil, um sich stattlich und flink vor den Beamten, Nachbarn, Gemeindebrüdern und den Mitgliedern anderer Gemeinden zu zeigen. Bei der Ecke der Kirchenställe hielt man einen Augenblick an, damit Mutter und die Tochter herunterklettern konnten, und wenn Perla eingestellt war, kamen Vater und der Bub'. Der Vater gebückt, in einfacher Joppe, der Bub' im Düffelüberzieher, mit einem Halstuche in schreienden Farben, Regenschirm und Galoschen, selbst am klarsten Johannistag. Und draußen an der Kirchhofsmauer standen die Mädchen mit Gesangbuch und Taschentuch in der Hand; die Augen waren niedergeschlagen, die Wangen glühten, die Herzen schlugen schneller und die Pulse brannten hier gerade so wie bei den feinen Leuten draußen in der Welt, obgleich alles einen so stillen und sittsamen Anstrich hatte.

Drinnen in der dämmerigen Sakristei saß Pastor Magnusson, fein und frisch rasiert, und sein bläulichglänzendes Kinn leuchtete über dem weißen Priesterkragen.

»Liegt heute etwas Besonderes vor?«, fragte er den kleinen, buckeligen Kirchenvorsteher aus Fimlinge.

Aber Küster Helmqvist – er hatte einen Abtsschmerbauch und den Ehrenkranz weißer Haare, und ein großes Ackerstück, erworben durch Auktionsprovisionen und andere Nebeneinkünfte eines praktischen Landküsters; er war einunddreißig Jahre im Dienst und pflegte den Predigern Geld auf Wechsel zu leihen

– fand sich dadurch in seiner Würde beleidigt und antwortete statt des Kirchenvorstehers:

»Ja, hier ist eine liederliche Dirne sozusagen und die Personalien des Schultheißen aus Grönskog. Er wurde vom Präpositus selbst an einem Alltage im Anfange der Woche begraben, denn sie hatten da zwei kalbende Kühe und wollten die gute Sahne zu den Pfannkuchen beim Leichenschmaus verwenden.«

»So? Sind hier noch ›Personalien‹ gebräuchlich? Das ist ja fast überall abgeschafft.«

»Ja, aber man muss es doch für die wohlhabenden Bauern tun, sie bezahlen extra dafür, und es ist gesetzlich, denn hier in Quislinge ist kein festes Pastorengehalt, wie Sie wissen, Herr Pastor, und man muss auf seine Einkünfte bedacht sein. Hier sind die Personalien und dann setzen Sie natürlich hinzu, was Sie wollen.«

»Es ist gut. Holen Sie das arme Mädchen.«

»We–we–welche?«

»Sagten Sie nicht, hier sei ein Mädchen, das besonders vermahnt werden sollte?«

»Jaha–ja–a–so–o–o; das Lumpenpack«, sagte der alte Helmqvist und schlürfte breitbeinig in die Kirche hinaus.

Nach ein paar Minuten kam er zurück und schob eine kleine, schwarzgekleidete Gestalt vor sich her, die sich das Kopftuch über das Gesicht gezogen hatte und so schluchzte, dass der ganze Körper bebte.

»Schrei nicht wie eine Besessene, du – Ist's um dich schade, einen Rüffel zu bekommen, nachdem du dich so betragen hast?«, sagte der Küster und knuffte sie auf den niedrigen Sessel an der Tür nieder. Die Stirn des Predigers bewölkte sich.

»Sie haben vielleicht etwas anderes zu tun, Helmqvist. Ich brauche Sie jetzt nicht, Herr Kantor!«

»Bewahre uns! Wie Sie befehlen, Herr Pastor!«, antwortete der Küster und verschwand.

Der Pastor betrachtete die bleiche, abgemagerte Gestalt an der Tür.

»Versuche nun, ruhig zu werden!«

Das krampfhafte Schluchzen nahm eher zu als ab. Er betrachtete sie mit forschendem Ernst. Nein, das war weder Ziererei, noch Heuchelei; vernichtende Scham und Angst pressten ihr diese verzweifelten Tränen aus. Er suchte ihren Namen in den auf dem Tische liegenden Papieren.

»So, Anna, sei still und höre mich an. Du bist jetzt zu aufgeregt, und ich muss erst selbst etwas von deinen Verhältnissen wissen, ehe ich mit dir sprechen kann, wie mein Amt es erfordert. Geh daher nun nach Hause und komme Dienstag um ein Uhr zu mir ins Pfarrhaus.«

»Darf – darf – ich nun gehen, ehe die Leute in die Kirche kommen?«, schluchzte Anna und sah den Pastor erschreckt an.

»Ja. Du hörtest ja, was ich sagte.«

»Gott segne ...«, und so schlich sie sich mit ihrer Schande hinaus und eilte den Kirchenhügel hinunter.

Der Kirchenvorsteher hustete.

»Hm, hm, solches Pack kann wohl einen Puff vertragen, das tut ihnen gar nichts.«

Pastor Magnusson schwieg einige Sekunden, dann sah er mit seinen großen, schwarzen Augen plötzlich den kleinen Bauer an.

»Wünschten Sie etwas, Herr Kirchenvorsteher?«

»Ich? Nein – nein, durchaus nichts.«

Helmqvist erschien wieder in der Tür. Der Pastor zog seine Uhr.

»Schon ein Viertel über zehn. Warum läutet man nicht?«

»Ich weiß, dass Barons von Hjelmskog heute zur Kirche kommen.«

»Nun, und?«

»Ja, da läuten wir nie eher, als bis sein Wagen an der Hecke zu sehen ist.«

Es flammte unter des Pastors Brille auf, und er öffnete hastig den breiten Mund, hielt aber schon bei der ersten Silbe inne. Man konnte deutlich sehen, dass Worte, die nicht hierher passten, auf seiner Zunge schwebten. Stattdessen lächelte er und sagte ganz freundlich, aber mit einem gewissen Nachdrucke:

»Bitte, merken Sie sich, dass wir von nun an stets Schlag zehn Uhr einläuten, ein für alle Mal. Und jetzt läuten wir sofort.«

Der Kirchenvorsteher von Fimlinge schlich sich mit dem Küster hinaus.

»Hör', Helmqvist, ist der neue Pastor reich?«, flüsterte er.

»Der? Reich? Teufel, er ist arm wie eine Kirchenmaus!«, zischelte der Küster mitten in der Kirche.

»Ja, da, meiner Seel, verstehe ich nicht, was in ihm sitzt!«, sagte der Kirchenvorsteher.

Der Altardienst war fast zu Ende, als die Herrschaften von Hjelmskog mit Mann und Maus und Besuch aus der Stadt in die Kirche eintraten, ohne scheinbar eine Störung zu befürchten. Als er zu Ende war, bestieg Pastor Magnusson die Kanzel.

An unseren theologischen Fakultäten fehlt es an Lehrern, welche die Mittel des Redners pflegen und bilden, mit denen er der äußeren Aufmerksamkeit der Zuhörer entgegentritt, obgleich die Art, wie diese geweckt wird, oft für die ganze Wirkung des ganzen Vortrages bei gewöhnlichen, oberflächlichen Menschen entscheidend ist. Unsere Prediger kommen nie dazu, eine ordentliche, richtige Vortragsart zu lernen; niemand hilft ihnen bei der Ausrottung hundertfacher Unarten beim mündlichen Vortrage. Pastor Magnusson, der Bauernsohn aus Hültåkra, war in dieser Hinsicht nicht besser daran als seine meisten Amtsbrüder, und kaum hatte er den Mund geöffnet und einige entschiedene Provinzialismen hervorgebracht, so sahen sich die Stadtherrn aus Hjelmskog mit vergnügten Mienen an.

Doch die Munterkeit hielt nicht lange vor. Ehe der Pastor zehn Minuten gesprochen, hatte er die Anhörer vollkommen gefesselt; niemand achtete mehr auf seine bäurische Redeweise, niemand legte mehr Gewicht auf eine oder die andere falsche Betonung. Er sprach frei. Kein Unternehmen kann für den schwachbegabten Prediger, der ohne die nötige Vorbereitung die Kanzel besteigt, schlimmer ablaufen. Die Predigt wird dann oft ein klägliches Gemisch ohne Plan und Zusammenhang, ohne Anfang und Ende, und man denkt daran, wie Tegnér die unreifen Freisprecher warnte: »Hütet Euch vor dem Gedanken, dass mit dem Einläuten der Geist über Euch komme. Meist bleibt er aus, und dann gibt es einen geistigen Krach. Kommt aber wirklich ein Geist, so ist es gewöhnlich der Geist der Verworrenheit und Verwirrung.« Doch das gesprochene Wort macht einen so viel größeren Eindruck, wenn es unmittelbar kommt oder zu kommen scheint; der Redner bringt so unendlich größere Wirkung hervor, wenn er dem Blicke des Anhörers begegnet, als wenn er mit der Nase in einer geschriebenen Scharteke steckt, dass die Prediger, denen der freie Vortrag nicht gar zu schwer fällt, wirklich lernen müssten, ihre Predigten zu memorieren. Ist überdies die Arbeit sorgfältig gemacht, liegt die ganze Predigt klar vor dem inneren Auge des Pastors, ist das Skelett des Vortrages, sozusagen, fertig, so sollten wohl die meisten Prediger imstande sein können, es während des Verlaufes in ein anspruchsloses Gewand klarer, einfacher Worte zu kleiden. Derjenige, dem selbst dies zu schwer fällt, sollte sich zwei Mal bedenken, bevor er die geistliche Laufbahn erwählt, denn dann kann er ja nicht einmal religiösen Trost an Krankenbetten bringen, weil er dahin doch nicht gut sein Konzept mitnehmen kann.

Pastor Magnussons Predigt war gut vorbereitet, aber er brauchte seiner Ausarbeitung nicht ganz sklavisch zu folgen; sie ließ seiner Inspiration Spielraum; er wurde von seinem Stoffe ergriffen, und hatte auf der Kanzel neue Ideen über denselben, über die er sich selbst verwunderte und freute.

Und dabei hatte seine Deklamation mit allen ihren Fehlern doch ganz mit dem hierarchischen, einschläfernden, singenden Vortrage gebrochen, bei welchem die Prediger den von der Eintönigkeit abgespannten Anhörern wie pausbäckige, halbschlaftrunkene Engel vorkommen, die man in einer Wolke aufgehängt hat und eine Stunde über Dinge lesen lässt, die sich eigentlich gar nicht begreifen lassen. Er sprach wie ein Mensch zu Menschen, nicht einmal wie der Verwalter des Herrn zu müßigen, ungehorsamen Knechten; er griff hinein in die Verhältnisse des Alltagslebens und gab der Religion ihren Platz in dessen Prüfungen und Sorgen, in den Siegen des Menschengeistes und in der Niederlage der menschlichen Hoffnungen.

Die Riechdosen drunten auf den Bänken gingen nicht mehr so fleißig herum; auf dem Honoratiorenchore wurde es still, und der Kirchenvorsteher von Fimlinge musste sich selbst zugestehen, dass er heute in der Kirche ungewöhnlich schlecht geschlafen hatte.

Während Pastor Magnussen droben auf der kleinen, wurmigen Kanzel mit den schielenden Aposteln stand, sah er Hunderte von Augenpaaren, von denen, außer vieren oder fünfen, ihm alle unbekannt waren, forschend auf sich gerichtet, und es überfiel ihn dabei ein solches Gefühl hilfloser Einsamkeit, des Unvermögens, jemals allen diesen das sein zu können, was er wollte und musste, dass seine Stimme in Wehmut zerschmolz und die anstößigen Provinzialismen wie durch Tränen klangen.

Da sah er weit hinten in der Kirche ein kleines, weißes Haupt und ein Paar runde, milde, feuchte, graublaue Augen, die an seinen Lippen hingen. Die Sonne fiel durch die kleine, dunkle Scheibe und spielte in den Runzeln, die Mutter Marthas Wangen überzogen, und der graue Kopf schwankte leise, wie eine reife Ähre im Herbst. Und der Pastor fühlte sich nicht mehr einsam;

seine Stimme schwoll, neue Gedanken drängten sich in sein Hirn, so dass er sie kaum ordnen und auseinanderhalten konnte; er wurde warm, wuchs und schwang sich zu einer poetischen Sprache auf, und als er »Amen« sagte, fühlte jeder, dass eine solche Predigt seit Menschengedenken nicht in der Kirche zu Quislinge gehalten worden war.

Doch wer nicht damit zufrieden war, das waren die Verwandten und Freunde der verstorbenen Größe, des Schultheißen aus Grönskog. Dieser hervorragende Ackerbauer, der vier Höfe nacheinander gehabt hatte, zwei Mal verheiratet gewesen war, die Brücke über den Fimlingesund für 14.300 Kronen zu Werke gebracht hatte, zweiundzwanzig Jahre Gerichtsbauer (Schöffe) und zehn Jahre Schultheiß gewesen war, wie es auf der Liste des Küsters genau verzeichnet stand, wurde mit einigen Worten der Teilnahme für die Hinterbliebenen und einem innigen Gebete abgefertigt, dass er, der so viele irdische Güter besessen hatte, nicht das eine Notwendige vergessen haben möchte, dass er, der sich nicht um Essen, Trinken und Kleidung zu sorgen brauchte, umso eifriger sich um ein Kämmerlein in Gottes lebender Stadt für seine unsterbliche Seele bemüht haben möchte.

»Der Priestergesell soll sich, bei Gott, nach Verdienst und Essen bei uns umsehen!«, murmelte die Schultheißin, als sie in ihren Federwagen kletterte und zu der stattlichen Beerdigungsnachfeier fuhr, wozu der Pastor nicht eingeladen wurde.

Als der Pastor nach dem Schlusse des Gottesdienstes in der Sakristei von dem Kirchenbuche aufsah, wo er gerade aufgezeichnet hatte, dass der Häusler Sven Karlsson in Vigghult beim Kirchgang seiner Frau fünfzig Öre für die Kirche geschenkt hatte, fünfzig Öre für die Armen und fünfundzwanzig Öre für die Orgelkasse, stand vor ihm ein kleiner feiner Mann mit einer Adlernase und lebhaften, braunen Augen, glattgekämmter Perücke, Schnurrbart und einem ergrauenden Henriquatre über einer großen diamantenen Krawattennadel.

Der Pastor blickte den fremden Herrn fragend an.

Nun meinte der Küster, dies ginge doch zu weit, beugte sich nieder und zischelte dem Pastor ins Ohr: »Herr Jesses, das ist ja der Baron!«

Der Pastor erhob sich:

»Der Küster teilt mir mit, dass ich die Ehre habe, Herrn Baron Stålfköld vor mir zu sehen.«

»Genau ihn selbst, wenn der Herr Pastor vielleicht nicht früher ...«

»Nein, ich habe wirklich nicht die Ehre gehabt.«

»Nun, nun, das ist ja möglich. Ich wollte Ihnen für die schöne Predigt danken. Die Baronin fand sie ganz charmant.«

Der Pastor verbeugte sich.

»Aber der Tausend, warum hatten Sie es heute so eilig mit dem Anfange des Gottesdienstes?«

Der Pastor errötete bei dem Gedanken an den kleinen Fluch in der Sakristei, doch er antwortete ganz ruhig:

»Im Gegenteil, Herr Baron, es verzögerte sich heute zu meinem Bedauern über eine Viertelstunde, aber ich versichere Ihnen, das wird nie wieder vorkommen.«

»Hm, hm, ja, so. Das nenne ich genau sein. Hm! Wenn ich es denn selbst sagen soll, ich stimmte für Sie bei der Wahl. Hm! 2045 Silberlinge ...«

»Ich wünsche lebhaft, dass ich Ihnen keine Ursache geben werde, Ihr Vertrauen zu bereuen.«

»Genau so, ja. Nun hoffen wir Sie bald bei uns in Hjelmskog zu sehen, Herr Pastor.«

»Danke, ich werde die Ehre haben, Ihnen baldigst meine Aufwartung zu machen.«

»Warten Sie, können Sie nicht heute Nachmittag kommen? Wir haben schon einige Gäste und ...«

»Nein, danke! Nicht heute!«

»Bewahre, Sie bilden sich doch wohl nicht ein, dass es Sünde ist, sonntags auszufahren? Freilich ist mein Haus grade kein Bethaus, aber eine Räuberhöhle ist es eigentlich auch nicht, und wir dispensieren Sie vom Tanzen und Kartenspielen.«

Der Pastor lächelte.

»Ich glaube wirklich, dass ich ohne die geringste Sünde des Sonntags ausfahren könnte, aber ich weiß, dass ein Teil des Volkes Anstoß daran nimmt, wenn der Prediger nach der Kirche zu seinem Vergnügen ausfährt, und ich will keinen Anstoß geben.«

»Pfui, das ist ja die pure Heuchelei! Pardon! Es war nicht böse gemeint«, fügte der Baron hinzu, als er sah, dass der Pastor zusammenzuckte.

»Adieu, Herr Baron!«, sagte der Pastor, der sich mittlerweile den Überzieher angezogen hatte, und ging.

»Was sagst du nun?«, fragte der Küster den Kirchenvorsteher, als auch der Baron sich auf dem Absatze umgedreht hatte und verschwunden war.

»Ein verfluchter Pfaff! Aber du kannst es mir glauben, Helmqvist, der hat noch einige Tausende Anererbtes übrig, sonst wäre es wohl nicht möglich, dass er wagte, so gegen den Baron aufzutreten.«

3. Die Herrschaften auf Hjelmskog

Eine Woche war vergangen, und der Pastor hatte sich eingelebt. Wer ein Elternhaus besessen hat, sei es auch noch so einfach und dürftig, wohin er in den Ferien reisen und wo er sich später in der Ruhezeit nach der erledigten Arbeit erholen konnte; wer so glücklich gewesen ist, diesen teuren Zufluchtsort lange zu behalten, vielleicht gar so lange, bis sich ihm die Türen des eigenen Heims geöffnet haben, der kann sich die wahrhaft kindliche Freude nicht vorstellen, die jeden Morgen Arvid Magnussons Herz erfüllte, wenn er in seinem eigenen, kleinen, sehr dürftigen Heim erwachte, das in seinen Augen und im Vergleich mit der Dachkammer in der Stadt wirklich prächtig war.

Er war ein pflichtgetreuer Mensch, aber es steht doch zu befürchten, dass die Tische, Stühle und Gardinen drinnen, das Vieh und die kleinen Ackerstücke draußen, wo nun gerade die Aussaat beginnen sollte, in dieser ersten Zeit seine Gedanken mehr in Anspruch nahmen als seine Gemeinde in Quislinge. Er ging umher und stellte die Stühle zurecht, rückte das Sofa der seligen Frau Lündeberg bald einige Zoll breit nach links, bald ein wenig nach rechts, bald etwas von der Wand ab, damit der Rahmen die Tapete nicht beschädigen sollte, wenn man sich in diesem altertümlichen Prachtstücke bequem hintenüberlehnen würde.

Zwischendurch machte er mathematische Berechnungen auf einem Papierfetzen, und wenn er damit fertig war, rief er seine Mutter.

»Ja, Arvidchen!«

»Hör' nun, Mutter, die Stelle bringt fünfzehnhundert Kronen ein. Können wir nicht recht gut mit tausend auskommen?«

»Kreuz, das können wir!«

»Jaha, und unsere Sparbanksanleihe beträgt dreitausend, und so können wir bei Abzahlung von jährlich fünfhundert Kronen in sechs Jahren aus unseren Schulden kommen. Heisa, Mutter, dann ist dies alles richtig unser!«, rief Arvid mit strahlenden Augen und so großartiger Handbewegung gegen das Sofa und die übrigen Möbel, als zeigte er Golkondas Schätze.

»Nein, Arvid, du hast die Zinsen vergessen«, sagte die Mutter und schüttelte den Kopf.

»Die Zinsen, Mutter, jetzt muss ich noch einmal rechnen!«

Etwas über acht Tage waren vergangen. Der Pastor hatte angefangen, Besuche zu machen. Der erste Besuch hatte dem

Präpositus in Sjöreda, seinem unmittelbaren Vorgesetzten, gegolten. Das war ein kleiner, freundlicher, stiller Mann mit einer Perücke, die die Zeit fuchsrot gefärbt hatte, mit einer Gattin, die durch beständige Seelenruhe und viele Naturalien von den Dorfbewohnern eine runde Kugel geworden war, und zwei Töchtern, die infolge dreißigjährigen Wartens wehmutsvoll, dankbar für die geringste Freundlichkeit und mehr als neugierig auf jeden neuen, unverheirateten Pastor waren. Präpositus Strandin kam Arvid mit offenen Armen entgegen, bot ihm ein neugeöffnetes Paket »Kalmarrose« und hielt es für ausgemacht, dass der neue Amtsbruder ihn »Onkel« nennen müsse. Die Alte schalt ein bisschen, weil der Pastor seine Mutter nicht mitgebracht hatte. Lotte rührte mit solchem Eifer einen Eiergrog für den lieben Gast, dass ihr die blonden Locken wie ein Heiligenschein um den Kopf flogen, und der Boden beinahe aus dem Glase ging. Weil Evchen sich augenblicklich drinnen überflüssig vorkam, ging sie in die Leutestube und befahl Stall-Karl, dem fremden Gaul ein ganzes Maß Aussaathafer zu geben und ihn zur Tränke zu führen.

Einige Tage darauf galt der Besuch dem Baron auf Hjelmskog, der Gemeindegröße (2045 Silberlinge!).

Arvid fühlte sich doch ein bisschen nervös. Lange wählte er zwischen seinen Priesterkragen, und als er endlich einen tadellosen gefunden hatte, riss er, in seinen Bemühungen ihn hübsch und fest umzubinden, das Band ab. Pålle war den ganzen Tag vom Eggen dispensiert, obwohl es sich nur um eine Fahrt von einer halben Meile handelte, und der kleine Knecht hatte ihm unter des Pastors eigener Aufsicht mindestens ein halbes Pfund Haare abgeschrappt. Der Stuhlwagen war frisch gewaschen, und Mutter Martha hatte ihrem eifrig protestierenden Arvid selbst den Rock ausgebürstet.

Und so ging es fort. Hjelmskog lag schön an einer anderen Bucht desselben Sees, der dem Quislinger Pfarrhof seinen größten Zauber verlieh. Es war ein großes, hohes, weißes, beinahe viereckiges, zweistöckiges Haus auf granitenem Unterbau. Eine Allee, deren schöne Bäume nun gerade auszuschlagen begannen, führte zu den kleinen, neueren, im Villenstile aufgeführten Flügeln, und gewaltige Buchen umgaben das wohlgepflegte Hofplanum. Das Hauptgebäude hatte keine Veranda, sondern, nach altem Schlossbaustile, eine kolossale Terrasse, die sich längs des halben Hauses ausstreckte und deren Balustrade mit alten, rostigen, gusseisernen Urnen verziert war, auch grinsende Löwen an jeder Seite hatte, die geduldig in einen Eisenring bissen.

Ein stattlicher Kutscher in Lederhosen und hoher Stallmütze kam und zügelte Pålle mit so kunsterfahrener Hand, dass er ihn nachher kaum von der Stelle ziehen konnte, und eine noch feinere Kammerjungfer führte den Pastor ins Vorzimmer. Die Tür war angelehnt, und man hörte drinnen in den Zimmern den Klang froher Stimmen. Der Pastor nahm seinen Überzieher wieder vom Riegel ab und fragte:

»Hier ist doch keine Gesellschaft?«

»Nein, gewiss nicht, einige Herrschaften sind nur zufällig gekommen«, erklärte die feine Kammerjungfer etwas herablassend.

Der Pastor zog den Rock glatt und rückte den Kragen zurecht. Er erinnerte sich so genau eines Tages, als er drinnen in der Stadt zum Präsidenten gekommen war, wo er während seiner Schulzeit Freitisch hatte, und ihm drinnen im Vorsaal ein ebensolches munteres Stimmengewirr entgegengetönt hatte. Doch wurde er in der Tür von dem sehr stattlichen Bedienten gehindert, der ihn anfuhr:

»Kreuz, zum Teufel, warte du! Hat die Haushälterin vergessen, dir etwas Geld zu geben, damit du heute woanders essen kannst? Hier ist heute Gesellschaft, Magnusson, da kannst du hier kein Essen bekommen.«

Seine Gefühle waren kaum angenehmerer Natur als damals, als er nun bei dem kleinen Magnaten des Kirchspiels eintrat, obgleich er nun frei und unabhängig war und auf gleicher Bildungsstufe mit seinen Wirten stand.

Der Baron eilte ihm mit kleinen Tritten und großer Artigkeit entgegen.

»Nein, sieh, Herr Pastor! Nun, das war nett. Hier, meine Freunde, haben wir den neuen Seelsorger der Gemeinde, Pastor Arvidsson.«

»Verzeihung, *Magnusson*!«

»Oh, ich bitte tausendmal! Pastor Magnusson – und hier haben wir meine Frau, meine Tochter Gerda, unsere kleine Ellen, mein Sohn, Leutnant Gösta Stålsköld von den Schonenschen Husaren, Major Axelsson, zwei Fräulein Axelsson, Graf Svedenhjelm, der von Södermannland hierher gereist, um uns mit einem kurzen Besuch zu erfreuen, Frau Gräfin Svedenhjelm, Fräulein …, ich bitte um Entschuldigung, Herr Pastor! Gerda, du stellst wohl den Herrn Pastor unseren übrigen Freunden vor; ich sehe, dass Mama auf mich wartet.«

Arvid hatte sich so beeilen müssen, um sich jeder der neuen Bekanntschaften, nach der Reihe, wie der Baron sie aufrief, zuzuwenden, dass er sich nun etwas wirr im Kopfe fühlte. Er sah ein, dass er in dieser Gesellschaft linkisch erscheinen musste, und das ist ein Fehler, der sich durch das Bewusstsein nicht verbessert. Er bemerkte darum Fräulein Gerda nicht eher, als bis sie ihn durch einen leichten Fächerschlag auf seinen Arm wieder in die Situation brachte und die Vorstellung fortsetzte.

Alle seine Gefühle setzten sich gleichsam instinktiv gegen das junge Fräulein zur Wehr. Er empfand geradezu Widerwillen. Er fühlte gegen alle miteinander etwas von dem verletzten Kinderstolz, der in unser aller Herzen fortlebt, seit man uns vom Spiele ausschloss, und der später jedes Mal wieder auftaucht, wenn wir uns auf irgendeine Weise unterlegen oder zurückgesetzt vorkommen. Aber er wusste, dass seine Kenntnisse sich mit denen des Barons, des Grafen und der jungen Leutnants messen konnten, ja dass er ihnen seinen Manneswert, seine Unabhängigkeit und seine vielleicht noch gründlichere Belesenheit gegenüberstellen konnte. Sollte er ihnen näher treten, so würde er auf jedem Gebiete, auf das die Rede kommen konnte, leicht den Platz an ihrer Seite ausfüllen, dessen war er sich bewusst. Aber er wunderte sich darüber, wie heiß es ihn bei dem Gedanken überlief, dass sie, die stattliche, überlegene Weltdame, auf ihn, den Landpastoren, der der Stimme ihres Vaters sein Brot verdankte, herabsehen, ihn ungehobelt finden und ihn gering achten könnte.

Späterhin, als Arvid mit den Herrschaften auf Hjelmskog bekannter geworden war, fand er, dass eigentlich nur Fräulein Gerda dort das echt aristokratische Element repräsentierte. Von dem kleinen lebhaften Baron, der stattlichen, kalten, dunklen Baronin mit ihrer aufgetürmten Frisur und ihren schwarzen, scharfen Augen an bis zur geringsten Hauseinrichtung trug alles den Stempel des Krautjunkertums, gemischt mit einem affektierten, etwas verschwenderischen Rokoko. Die kleine Ellen, ein blondes, stutznasiges Elfchen von vierzehn Jahren, hatte durchaus bürgerliche Interessen, und den Husarenleutnant, Baron Gösta, brauchte man nicht lange zu kennen, bis man herausfand, dass er eigentlich mehr von dem Halbblute in Papas Ställen als von dem Stålsköldschen Vollblute erbaut war, das in seinen eigenen Adern floss – ja, dem Vollblute, denn der Baron und seine Gemahlin waren Geschwisterkinder.

Gerda Stålsköld war ein hochgewachsenes, breitschulteriges Mädchen, mit einem ideal gemeißelten Halse, der das kecke, schwarze Haupt auch hätte tragen können, wenn er etwas weniger kräftig gewesen wäre. Sie wäre zu groß erschienen, wenn die ganze Gestalt nicht so kräftig, harmonisch und schön gewachsen gewesen wäre. Aber die weißen wohlgeformten Hände waren so groß und breit wie die eines Arbeitsmannes, und Papa und Mama hatten es längst aufgegeben, ohne vorherige Bestellung ein Armband für Gerda zu bekommen. Die Füße hatten einen sehr hohen Spann, und es wäre ein sehr vermessener Euphemismus gewesen, sie zierlich zu nennen. Das Gesicht wäre, ohne die zu niedrige Stirn und den zu großen Mund, vollendet schön gewesen. Dem Ersteren hätte man mit Stirnlöckchen abhelfen können, doch Gerda verabscheute diese Mode und trug das rabenschwarze Haar mitten über der breiten, niedrigen Stirn gescheitelt. Die Wangen waren schön gerundet, die Lippen schwellend, die Kopfform und die Nase edel geformt. Und die Laune der Natur hatte dies nachtschwarze Haar mit klaren, großen, braunen Augen gepaart, die dem Ganzen einen bizarren und eigentümlichen Ausdruck verliehen. Gerda schwamm ausgezeichnet, war eine kühne Reiterin und hatte ein Reformkleid im Schranke, im Übrigen aber war sie, mit ihren dreiundzwanzig Jahren, in ihren Neigungen und ihrer Lebensanschauung ebenso weiblich wie ihre Freundinnen. Man sah sie gleich in dem vollsten Salon, sie würde unter Tausenden aufgefallen sein, aber sympathisch zu ihr hingezogen fühlte sich nur der, um den sie sich selbst bemühte.

»Später müssen Sie sich das nach und nach einprägen, Herr Pastor. Es ist ja unmöglich, so viele neue Gesichter und Namen zu behalten, die so auf einmal vor einem auftauchen«, bemerkte Fräulein Gerda nach beendeter Vorstellung.

Arvid würde ein Bein von dem Sofa der seligen Frau Lündeberg gegeben haben, wenn er nun eine gute, pikante Antwort bereit gehabt hätte, um sie zu überzeugen, dass er doch kein vollständiger Idiot sei; doch er fand nichts Gescheiteres als:

»Ja, ja, das ist stets schwer, hm!«

»Wohnen Sie ganz allein im Pfarrhause, Herr Pastor? Wir wollen uns doch setzen.«

»Danke! – Nein, ich bin so glücklich, meine alte Mutter bei mir zu haben.«

»Ach so. Wir haben hoffentlich einmal das Vergnügen, Frau Magnusson hier zu sehen?«

»Danke! Das glaube ich nicht.«

»Weshalb nicht! Ist sie denn kränklich?«

»Gott sei Dank, nein! Sie müssen wissen, dass meine Mutter durchaus keine Dame ist. Sie ist eine einfache, arme Bauernfrau und würde sich noch dürftiger als ihr Sohn in Hjelmskogs Salon ausnehmen.«

Jetzt war die Reihe, verlegen zu werden, an Gerda. Sie hätte gern gesagt, dass Pastor Magnussons Mutter doch willkommen wäre, doch sie fühlte, dass sie nicht vermöchte, dies überzeugungsvoll und glaubwürdig vorzubringen und begnügte sich daher damit, zu bemerken:

»Wie schön muss es für Sie sein, Ihre Mutter bei sich haben zu können.«

»Ja, das ist es, Baronesse! Sie hat während meines ganzen Lebens und ihres halben für mich gearbeitet und entbehrt, und nun ist es mein höchster Wunsch, dass sie noch lange leben und sich an dem glücklichen Erfolge, den ich nun gehabt habe, freuen möchte.«

»Haben Sie etwas herausgegeben, Herr Pastor, etwa ›Gesammelte Predigten‹?«

»Nein, wie kommen Sie darauf?«

»Ja, Sie sprachen von – von einem besonderen, glücklichen Erfolge, und –«

Arvid lachte munter.

»Ja, ich konnte es mir wohl denken, dass Sie sich schwerlich in meine Triumphe hineindenken könnten, Baronesse. Aber, sehen Sie, wenn man während seiner ganzen Schulzeit Freitischler gewesen ist, wenn man aus Mangel an Feuerung hat frieren müssen und krank geworden ist, weil man keinen Überzieher hat, wenn man acht Jahre lang als Adjunkt mit zweihundert Kronen Gehalt im Stifte umhergeschickt wird, dann ist es ›ein glücklicher Erfolg‹, wenn man das Pastorat von Quislinge bekommt.«

Gerda sah ihn mit ihren großen, forschenden Augen an. Da fiel ihm ein, dass sie es vielleicht für eine Art Prahlerei und Trotz hielt, dass er ihr so schnell von seinem Emporarbeiten unter Mangel und Not und von der Herkunft seiner Mutter erzählt hatte. Er war gar nicht mit sich selbst zufrieden.

»Nun, Gerda, wie findest du unseren neuen Prediger?«, erkundigte sich die Baronin, als der Pastor abgerufen wurde, um einen Willkommenstrunk mit dem Baron zu tun, und Gerda zu den Damen zurückkehrte.

»Ach, so ziemlich für einen Bauernsohn. Ich glaube, er leidet an einem gewissen verbissenen Stolz oder krankhaften Ehrgeiz. Er sprach mit großer Bitterkeit von seiner Armut.«

»Quelle horreur, ma chère Julie«, fiel Gräfin Svedenhjelm ein. »Gerade wie in Russland! Es gärt im Volke; Pessimismus, Unzufriedenheit und übertriebene Lebensansprüche ergreifen den Pöbel, sobald er ein wenig lernt. Die russischen Studenten sind die schlimmsten Nihilisten, sagt Svedenhjelm. Gott bewahre uns! Der Pastor sollte sich schämen!«

»Oh, bitte, sei ruhig, liebe Tante! Pastor Magnusson denkt sicher nicht daran, uns alle in die Luft zu sprengen«, sagte Fräulein Gerda lachend.

Man kann nicht gerade behaupten, dass Arvids Ankunft die Fröhlichkeit im Kreise der Herren erhöhte. Hinter der Artigkeit und Verbindlichkeit gegen den Pastor lag ein gewisses Etwas, das deutlich zeigte, dass sie bei einem Zusammentreffen am dritten Orte nicht weiter Notiz von ihm nehmen würden. Nach einigen Gläsern konnte Major Axelsson die gewohnte Rohheit mancher Militärpersonen, die Pastoren aufzuziehen, nicht länger bezwingen, und brachte, Gott weiß wie, die Rede auf Bileams Esel. Er fragte den Pastor, was er eigentlich von diesem merkwürdigen Tiere hielte, und ob er nicht auch meinte, dass es doch zu naseweis von einem Esel sei, seinen Herren mit Fragen zu belästigen?

»Ach, Herr Major«, sagte Arvid, »es kommt häufiger vor, als man denkt, dass Esel sprechen, und da ihr Wissen geringe ist, kommen sie gewöhnlich mit Fragen zum Vorschein.«

»Hm, hm, sollten Gerda und Axel uns nicht ein Duett singen?«, fragte der Baron, um eine weitere Besprechung dieses minder gut gewählten Gegenstandes zu verhindern.

»Axel« war Svedenhjelm junior, mit edlen, bleichen Zügen, langem blonden Schnurrbart, Tenorbariton und Secondeleutnant bei den Uplandsdragonern.

»Gern, Onkel, aber es ist mir augenblicklich unmöglich. Ich bekam gestern auf der Schnepfenjagd nasse Füße, und nicht einmal Tantes köstliches Punschrezept konnte meine Heiserkeit besiegen.«

»Das wär' schade, denn die übrigen Herren sind gewiss alle vollständig unmusikalisch, das heißt, wenn nicht Herr Pastor …?«

Ein unbeschreiblicher Hohn lag in Gräfin Svedenhjelms Worten, eine solche Betonung der Unmöglichkeit, dass ein »Pastor« für ihren Sohn eintreten könnte, dass Arvid das Blut zu Kopfe stieg. Fräulein Gerda hatte sich am Klavier niedergelassen und präludierte leise zu einem Liede, seiner Glanznummer in Upsala, wo er eine der Säulen des Studentengesangvereins gewesen war, wovon freilich die Gnädige keine Ahnung hatte haben können. Arvid verbeugte sich und antwortete:

»Wenn Baronesse es gestatten und die Herrschaften Nachsicht üben wollen, so kann ich vielleicht …«

»Nein, was muss ich hören! Das ist wirklich eine angenehme Überraschung!«, rief der Baron. »Hörst du, Gerda, der Herr Pastor will so gut sein und mit dir singen.«

Der junge Svedenhjelm richtete sich auf: »Vielleicht könnte ich doch am Ende …« Doch Major Axelsson ergriff ihn beim

Arm: »Nein, meiner Treu, jetzt muss der Pfaffe dran. Das soll ein Spaß werden, den singen zu hören!«, flüsterte er.

Fräulein Gerda war in hohem Grade musikalisch, und ihr Vortrag würde selbst einer Künstlerin Ehre gemacht haben, aber ihre Stimme war, wie es so oft bei kräftig ausgebildeten Gestalten der Fall ist, klein und dünn und konnte, trotz der besten Ausbildung keine irgendwie bedeutendere Wirkung hervorbringen; es war ein reiner Sopran, aber von geringem Umfange und ziemlich kraftlos.

Arvids Tenor klang warm, schmeichelnd, lyrisch schön in vollen Tönen durch den Saal. Es war eine herrliche Stimme, und die einzige Jugendfreude, der einzige Lebensfrühling, die einzige Studentenlust, die Arvid in Upsala, der Stadt der ewigen Jugend, gekostet, hatte ihm die Sangesgöttin geschenkt. Nun erwachten alle alten Erinnerungen, und mit der Macht des Gesanges erhob er sich über alle, die den Bauernsohn und Landpastoren über die Achsel ansahen, selbst über sie, der auch die Gabe des Gesanges zugefallen war und die sich von dem feurigen Wechselgesange begeistert und getragen fühlte.

»Ich glaube kaum, dass ich es wagen kann, mehr mit Ihnen zu singen, Herr Pastor Magnussen. Ich konnte nicht ahnen, dass Sie ein so großer Sänger sind«, sagte Gerda, als die letzten Töne verklungen waren.

»Das wird auch nicht nötig sein, wofern Sie es nicht geradezu befehlen, meine Gnädigste, denn mit Eiergrog und Fliedertee hoffe ich bald – hm – wieder dazu bereit zu sein«, versicherte der junge Svedenhjelm und drehte nervös seinen langen, blonden Schnurrbart.

»Aber warum in aller Welt gingen Sie nicht zur Oper?«, forschte Gräfin Svedenhjelm maliziös.

»Ha, ha, ha, das sollten gnädige Gräfin nicht eher gefragt haben, als bis Sie den Herrn Pastor hätten predigen hören. Darin ist er ebenso ausgezeichnet«, rief der Baron.

Als der Pastor sich nach dem Abendessen erhob, um Lebewohl zu sagen, drückte der Baron ihm kräftig die Hand.

»Kommen Sie bald wieder, Pastor! Sie sind stets herzlich willkommen, natürlich mit Ausnahme der Sonntage, wo Sie ja zu Hause bleiben müssen, um den Quislingern kein Ärgernis zu geben. Aber à propos, was würden die Quislinger wohl gesagt haben, wenn sie Sie eben am Klavier gesehen und gehört hätten.«

Arvid neigte stumm das Haupt und gestand sich die Richtigkeit dieser leicht ironischen Bemerkung. Verletzter Stolz, Begehren den Herrschaften auf Hjelmskog und ihren Gästen zu zeigen, dass selbst ein Pastor in Quislinge Talent haben könne, hatten ihn verlockt, ein weltliches Liebeslied zu singen. Das war gewiss nicht wohlgetan oder – hatte vielleicht der theologische Zwang die Grenzen und das Leben eines Predigers und sein Recht, dies Leben zu genießen, zu eng gezogen? Hatte er nicht ebenso gut wie andere das Recht, sich als Mensch zu fühlen?

Arvid wusste es nicht. Er fuhr an dem linden Frühlingsabende recht unzufrieden mit sich selbst heim, und noch gegen Morgen lag er wach und starrte zu der niedrigen, leimfarbenen Decke empor, wo er eine wirre Menge Schatten zu sehen glaubte, die bald zu dem sardonischen Lächeln der Gräfin Svedenhjelm, bald zu einem blonden Schnurrbart, bald zu Bileams Esel und bald – und das war das Allerschimmste – zu zwei großen, braunen Augen wurden, die ihn überall verfolgten, wie er sich auch im Bette herumwarf, und die selbst durch seine Augenlider blickten, als er eigensinnig zu schlummern versuchte.

4. Was die Gäste auf Hjelmskog nicht zu sehen

bekamen

Als der Pastor abgefahren war, saßen die Herrschaften Stålsköld und die Gäste noch einige Zeit im Salon. Es ist zuweilen ein wenig verhängnisvoll, zuerst aus einer Gesellschaft aufzubrechen, doch Arvid würde sich im Großen und Ganzen nicht durch das Urteil, das über ihn auf Hjelmskog gefällt wurde, herabgesetzt haben fühlen können. Nicht als ob dasselbe gerade wohlwollend gewesen wäre, aber die Kritik über seine Erscheinung, die missglückenden Versuche des Majors und des jungen Grafen, ihn lächerlich zu machen, würden ihm geschmeichelt haben. Ein jeder fühlte, dass man in ihm auf einen Mann der neuen Zeit gestoßen war, der mit dem traditionellen Dorfpfarrer nichts gemein hatte. Die beiden Fräulein Axelsson ließen die Köpfchen hängen und gähnten verstohlen. Als sie sich in ihrer Hoffnung, mit dem Grafen Axel zusammen die Treppe zu den Schlafzimmern emporzusteigen – oben an der Treppe war ein Erkerfenster, von wo aus man noch ein wenig gemeinsam den See betrachten konnte – betrogen sahen, sagten sie schließlich Gute Nacht und folgten ihren Eltern. Zuletzt war nur noch die Gräfin und ihr Axel da.

Das wachsgelbe Antlitz und die funkelnden grauen Augen der grauhaarigen Dame bekamen plötzlich Wärme und Leben. Es war, als hätte sie eine Maske abgeworfen.

»Gute Nacht, du mein teures, teures, geliebtes Kind! Oh, wie grausam war es, dass man sich den ganzen Tag Zwang auferlegen musste!«, rief sie aus, schloss Gerda gewaltsam in die Arme und bombardierte ihre Wange mit Küssen.

Als sie sie endlich nach einer langen Umarmung freigab, stand Graf Axel neben ihnen. Seine blauen Augen flammten in dem bleichen Antlitz und es fuhr wie Phosphorleuchten über den blonden Schnurrbart. Dann – legte auch er den Arm um Gerdas Taille, drückte einen leidenschaftlichen Kuss auf ihre Lippen, wobei er seine zierliche Gestalt etwas in die Höhe recken musste, und flüsterte ihr ins Ohr: »Mein Lieb'!«

Ja, sie war sein; sein, seit vierundzwanzig Stunden. Gestern Abend, in diesem Zimmer, während der junge Baron die Übrigen am oberen Fenster mit der schönen Aussicht festhielt, waren die Pläne, die Svedenhjelms mit der weiten Reise verbanden, geglückt, und die Baronin hatte Axel freudig als Sohn begrüßt, während Gerda als die künftige Gräfin Svedenhjelm auf Säfby von einem Arm in den andern ging.

Graf Axel liebte sie heiß und innig mit allen Gefühlen, die ihm blieben, nachdem er sich selbst vor allem aufrichtig liebte. Er selbst war seine eigene erste Liebe, und niemand von seinen Bekannten zweifelte daran, dass er seiner ersten Liebe bis in den Tod getreu bleiben würde. Aber danach liebte er Gerda und fühlte sich grenzenlos glücklich, als er ihr Jawort bekommen hatte. Sie hatte dies Wort vollkommen freiwillig gegeben, wenn auch weder Vater und Mutter ihr verhehlt hatten, welche Freude ihnen diese Partie machen würde. Doch ihr Herz war nicht dabei, es schlummerte noch bei der Dreiundzwanzigjährigen. In anderen Dingen war sie früh gereift, und in ihrer Ruhe und klaren Lebensauffassung den meisten ihrer gleichalterigen Bekannten voraus; doch die Liebe war nicht gekommen, obgleich sie mindestens fünf oder sechs Jahre darauf gewartet hatte, wie man auf einen Brief oder einen Bahnzug wartet. Masern und Scharlachfieber hatten sich ihrer Zeit bei ihr wie bei anderen Kindern eingestellt. Sie hatte rechtzeitig die Zähne geschichtet und mit sechzehn Jahren für das Tanzen geschwärmt wie alle anderen. Nur Liebe und Bleichsucht, die letzten in der langen Reihe der Kinderkrankheiten, schienen nichts über das kräftig, harmonisch entwickelte Mädchen zu vermögen. Nun begann sie wie jemand, der nie Zahnweh gehabt hat, an dem Vorhandensein dieser Krankheit oder doch jedenfalls an ihrer Empfänglichkeit für dieselbe zu zweifeln.

Manchmal wurden ihr von ihren Freundinnen Herzenssachen anvertraut. Im vorigen Sommer waren Axelssons in Hjelmskog zu Besuch gewesen. Damals war sie eines Nachts davon erwacht, dass Lina Axelsson im Nachtkleide und in schwanbesetzten Pantoffeln ganz leise in ihr Zimmer trat. Das war jedoch nicht das Einzige, Lina kletterte zu ihr ins Bett, liebkoste und küsste sie, und erzählte ihr halb lachend, halb weinend von dem ausgezeichneten, neuen Doktor in ihrem Heimatsorte.

Gerda streichelte teilnehmend das kleine verweinte, so hilflos aussehende Gesichtchen und war halb verwundert, halb neidisch über die unbekannte Gefühlswelt, in die sie hier blickte, ungefähr so wie ein junger Nichtraucher seinen Freund eine »Regalia reina« genießen sieht.

Da kam Axel Svedenhjelm. Sie hatte ihn schon als Gymnasiast und Kadett gekannt und ihn stets gern gemocht. Er war äußerlich ein Gentleman, korrekt in jeder Hinsicht und selbst viel zu reich, als dass ihn jemand in Verdacht haben konnte, in ihr besonders die Erbin zu schätzen. Er warb acht Tage um sie, war zärtlich und aufmerksam, sang Duette mit ihr und verbesserte ihren Steigbügel. Er gab einer armen Tagelöhnerfrau, der sie unterwegs begegneten, zwei Taler, und er züchtigte Baldur, der sich sogar unterstand, mit Baron Gösta einfach im Birkenwäldchen umzukehren. Dann hielt er um sie an, und sie sagte »Ja«. Hatte sie wohl Grund, ihn abzuweisen? Das »Andere«, das Unaussprechliche, Süße, Berauschende würde sie ja doch nie kennenlernen. Sie war eben nicht so wie andere Mädchen!

Doch als er flammenden Auges von ihren Lippen den Kuss nahm, der die notwendige Folge des Jawortes ist, und als er heute Morgen im Parke den zweiten begehrte, da fühlte sie einen kalten Schauder, ein leichtes Unbehagen; keinen Ekel, oh nein, aber ungefähr dasselbe, was man empfindet, wenn man spürt, dass man eine Schleife verliert, während man eine Teetasse in der Hand hat, oder dass das Schuhband auf der Promenade aufgeht.

Lina Axelsson hatte ihr erzählt, dass sie beinahe vor Lust geschrien hätte, als der junge Doktor sie im Kotillon an sich drückte … Merkwürdig! Nein, sie war nicht so wie andere Mädchen. Und als er sich ihr nun wieder mit leuchtenden Augen näherte und der lange blonde Schnurrbart sich wie die Schnurrhaare einer Katze sträubte, die eine delikate Milchsuppe witterte, als er flüsterte »Mein Lieb!«, da schloss sie leicht die Augen und dachte: »Ach, wäre es doch erst überstanden.«

Als sie in ihr Zimmer trat, feuchtete sie halb unbewusst den äußersten Zipfel ihres Taschentuches in der Wasserkanne an und fuhr damit nachdenklich über die breiten roten Lippen, während sie murmelte: »Hm, an so etwas muss man sich bestimmt gewöhnen können.«

Als Graf Axel die Tür des kleinen Doppelzimmers öffnete, das er mit seinem Vater teilte, stand dieser Ehrenmann halb ausgekleidet und trank ein Glas Wasser nach dem andern.

»Nun, mein Junge, wie fühlst du dich als Bräutigam?«

»Ach, sie ist herrlich. Papa! Welcher Nacken und welche Kopfhaltung! Gerade wie ein Remontepferd, das eben angefangen hat, mit Gebiss zu gehen. Schönen Schritt … hm – sie hat auch einen anmutigen Gang. Etwas kalt ist sie, freilich …«

»Jaha, sie hat so etwas unbegreiflich ›Jungfräuliches‹ an sich oder wie soll ich mich ausdrücken. Nun, das tut ja nichts, wenn es sich um ein Mädchen von Familie handelt. Das gibt sich, mein Junge, das gibt sich.«

»Geniert es dich, Papa, wenn ich das Fenster öffne und noch eine Zigarre rauche? Ich glaube nicht, dass ich heute Nacht ein Auge zutun kann.«

»Ha, ha, ha, die Jugend!«

Doch Gerda schlief schon so gut, ruhig und tief, wie nur wenig Bräute in der zweiten Nacht nach ihrer Verlobung schlafen können. Der runde, weiße, prächtige Arm lag über dem Haupte, regungslos, wie in Mamor gemeißelt; das kecke, dunkle Haupt lag so still und ruhig wie das eines Kindes auf dem weißen Kissen, und wenn Traumbilder unter der breiten Wölbung der niedrigen Stirn spielten, so hatten sie nur wenig mit dem Erben von Säfby, dem flinken upländischen Dragonerleutnant, zu schaffen.

5. Mademoiselle Latour

Sie brauchten auf nichts zu warten. – Der Flügel in Säfby war größer als manches Herrenhaus und noch vollständig eingerichtet. Hier hatte der jetzige alte Graf mit seiner Familie gewohnt, so lange seine alte Mutter noch lebte, und erst nach ihrem Tode war er in das Hauptgebäude gezogen. Deshalb wurde auch die Verlobung veröffentlicht, nachdem der junge Axel sein heimliches Glück kaum eine Woche genossen hatte. Anna Axelsson, die schon zum nächsten Sommer eine Einladung nach Säfby angenommen hatte und verstohlen eine Grafenkrone auf Pausepapier gezeichnet hatte, um zu sehen, wie sich diese auf ihren besten Batisttüchern ausnehmen würde – »nur zum Spaß natürlich!« – musste den Tag, als die Verlobung im Hause bekannt gemacht wurde, wegen heftiger Kopfschmerzen auf ihrem Zimmer bleiben, aber zur Verlobungsfeier war sie wieder gesund und umstrahlte den jungen Baron Gösta mit einem Feuerwerk von schelmischen und warmen Blicken, wie er sie nie bekommen hatte, so lange der Besitzer des langen, blonden Schnurrbarts noch zu haben war.

Zur Verlobungsfeier waren alle Standespersonen aus beiden Kirchspielen geladen, und Präpositus Strandin aus Sjöreda hielt die Tischrede.

»Willst du nicht ein paar Worte sagen, weil die Braut doch zu deiner Gemeinde gehört?«, hatte er Arvid vorher gefragt.

»Nein, gewiss nicht, das kommt dir zu, Onkel, wenn durchaus noch etwas mehr gesagt werden muss, als was der Baron selbst in seiner Rede sagt.«

»Ja, Bruder, die Kirche wird nun so von allen Seiten bedrängt, dass ihre Diener bei jeder möglichen Gelegenheit Gottes Segen und Gottes Missfallen hervorheben sollten!«, eiferte der alte Strandin, der wie so manche Prediger die lästige Manie hatte, bei allen Festlichkeiten eine Rede zu halten.

Und der gute, getreue Hirte schlug ans Glas, rückte sein Käppchen zurecht, hustete und gab den Verlobten von Amts wegen Gottes reiche Gnade und seinen Frieden in rundlichen Portionen, und versicherte unter anderem, dass alle Väter und Mütter sich über eine so durchaus passende Partie freuen müssten. Und dabei glitten die milden, vom »Château Beycheville« schon ein wenig funkelnden Augen des Präpositus zu der Tischecke hinüber, wo seine Lotte neben Pastor Magnusson saß. Man konnte so gut sehen, dass hier der Alte noch weniger sparsam mit Gottes Segen und seinem eigenen sein würde, wenn Arvid nur wollte …

»Nun, bist du jetzt zufrieden?«, hatte Schwager Gösta vor Tisch den Bräutigam gefragt und dabei den Arm brüderlich um seine Schultern gelegt.

»Sablamento, Gösta! Ich möchte ausschlagen und weder Zaum noch Gebiss gehorchen!«

Und die Braut? Ja, sie war etwas bleicher und stiller als sonst. Vorher war ihr die Sache so einfach und natürlich und gar nicht so schrecklich wichtig vorgekommen. Doch als die glänzende Fessel ihren Finger drückte, als Mama weinte und Papa mit zitternder Stimme von dem Tage sprach, wo sie die Heimat verlassen würde, und als Ellen sie in den Arm kniff und sagte: »Da bekomme ich wohl dein feines Zimmer?«, da schien sie mit einem Male den Ernst der Verbindung zu fassen, da blickte sie den jungen Grafen ängstlich und fragend an und wunderte sich, ob es doch nicht am Ende Liebe sei, was ihr Herz so klopfen machte. Ach keinen, keinen anderen Mann auf Erden hätte sie heute lieber an seiner Stelle gesehen. Da musste sie ihn doch wohl lieben? Und so leerte sie ihr Glas, ließ sich von ihm noch etwas Cliquot einschenken, lächelte ihn an und machte ihn so himmlisch glücklich, dass er nachher dem alten Grafen folgende Beschreibung machte: »Ja, Papa, sie taut so allmählich auf, das sollst du sehen. Zum Teufel, sie machte mich so verrückt bei Tisch, dass mir zumute war, als sollte ich beim Steeplechase einen Steigbügel verlieren.«

Und als der glückliche Bräutigam, um seine eigenen Worte zu gebrauchen, fühlte, dass er sie sicher in der Hand hatte, breitete sich vor seinen Augen ein Rosenschimmer über alles, selbst über ein tiefes dunkles Augenpaar unten am Tisch, das oft auf dem jungen Paar ruhte.

»Gerda, willst du deinem Sänger nicht zutrinken?«, flüsterte er froh und freundlich.

Sie hob sofort ihr Glas:

»Herr Pastor Magnusson!«

Eine heftige Röte färbte das dunkle Antlitz noch dunkler, und er warf Fräulein Lotte beinahe eine Apfelsine in den Schoß, als er sein Glas ergriff.

»Wie geht es Ihrer Mutter, Herr Pastor?«, fragte Lotte gleich darauf.

»Danke bestens, seit das Tierchen nicht mehr die Egge zu ziehen braucht, hat sich seine Laune bedeutend verbessert.«

Fräulein Lotte schlug in voller Verzweiflung die Hände zusammen.

»Nein, du mein Schöpfer! Was meinen Sie, Herr Pastor? Ich fragte ja nach dem Befinden Ihrer Mutter.«

»Oh, Verzeihung, entschuldigen Sie! Ich glaubte, es handle sich um Pålle. Sie hatten ja die Güte, sich so freundlich für ihn zu interessieren, als ich das Vergnügen hatte, in Sjöreda zu sein«, antwortete er und versuchte, aufmerksamer zu sein. Aber auch nicht einen einzigen Gedanken verschwendete er an seine kleine, freundliche Nachbarin, alle drehten sich um das schöne, stolze Haupt dort oben am Tische auf dem Ehrenplatze.

Wie seltsam, dass sie bei ihrem ersten Zusammentreffen schon verlobt war!

Nun gut, aber was geht das dich eigentlich an, mein lieber Arvid Magnusson?

Der alte Präpositus, dessen Käppchen nun ganz schief saß, während seine Augen noch liebevoller als gewöhnlich blinzelten, schlug wieder ans Glas:

»Geehrte Versammlung von ...«

»Sst! Bitte, warten Sie ein bisschen! Graf Svedenhjelm will einige Worte sagen.«

Und der alte Graf sprach einige Worte über die Freude, eine solche Tochter auf Säfby begrüßen zu können usw.

»Hochverehrte Mitchristen, ich ...«

»Nein, aber Papa ...«, warnte Strandins Evchen, die innerhalb Hörweite saß.

Doch der alte Strandin war unverbesserlich und hielt an diesem Abend noch drei Reden.

Nach wenigen Tagen standen die Bäume in vollem Blätterschmucke und das üppige Gras breitete seinen grünen Teppich über Hjelmskogs wellenförmige Wiesen und Kleefelder. Die Bänke wurden aus dem Gartenhause geholt und in Park und Garten aufgestellt. Die Jugend schwärmte in der erwachten Natur umher, und das Krocketspielen begann.

Aber noch etwas anderes war auch in die Welt gekommen: die Verlobungsanzeige, und die Hjelmskoger Posttasche reichte kaum hin für alle Glückwunschschreiben.

An einem warmen, sonnigen Nachmittage, als die Jugend mit allen Gästen nach dem See gegangen war, um nachzusehen, wie weit man die Boote schon instandgesetzt hatte, fuhr ein kleiner bestaubter Wagen vor dem Hauptgebäude vor, und eine kleine, elegante Dame eilte in zwei Sekunden die hohe Treppe hinauf. Die Kammerjungfer stutzte vor dieser vielfarbigen Toilette, diesen Wolken von Schleifen und Spitzen. Das kleine braune Antlitz der Fremden war schön und die dunklen Augen bohrten sich mit verzehrender Glut in die des Mädchens.

»Je suis Mademoiselle de La Tour. Vicomte du Hjelmskog vara visible?«

»Ja, dies ist Schloss Hjelmskog.«

»Oui, oui, begripa, aber ich – ah, Vicomte de Stålsköld, Vicomte du Hjelmskog sjelf, nicht wahr?«, rief sie, als der alte Baron sich in demselben Augenblicke auf der Treppe zeigte.

»Habe das Vergnügen! Womit kann ich Ihnen dienen, meine Gnädige?«

»Donnez-moi ett samtal[2] deux minuten! Entre nous!«

»Bitte, treten Sie in mein Zimmer!«, sagte der Baron ganz artig, obgleich er es nicht für passend ansah, den wunderlichen Besuch in den Salon zu führen.

Das Dämchen schwebte hin und ließ sich ohne Weiteres in dem Schaukelstuhle des Barons nieder, ein Paar kleine, charmante Füßchen ungeniert übereinander legend.

»Pardon, monsieur, ich bin Fräulein Margaretha Tor und ...«

»Ei der Tausend, ich hielt Sie für eine Französin.«

2   eine Unterredung (schwedisch)

»Oui, mon père et ma mère vara französisches leut, aber mon grossmaman une deutsches kone, og jeg troede at[3] ...«

»Halt, halt! Sind Sie auch Dänin?«

»Jawohl, mon Bedstefader[4] est arrivé fra Jutland, aber das ist nicht derom jeg ville tale med dem[5]. Aber dette mariage mellem[6] comtesse du Hjelmskog et vicomte Svedenhjelm vara ett perfidie, en unmöglichheit.«

»Wa–as, was sagten Sie? Was haben Sie mit der Verlobung meiner Tochter zu tun, Mademoiselle?«

»Oh mon Dieu! Er hatte sagt att han skulle taga[7] mich zur Ägtefaelle[8], er hatte ...«

»Wer, zum Teufel, hat das gesagt?«

»Oui, jeune vicomte de Svedenhjelm. Je suis une chansonette, aber ich ist ein feines mädchen, og det er ingem, den kan tale det ringeste paa min bag[9]. Parole d'honneur! Det maa De stole paa[10]. O, pauvre petite Madeleine La Tour«

Hier brach sich ihre Stimme in Schluchzen.

»Sind Sie denn rein toll? Eben hießen Sie Margaretha Tor!«

3   Frau, und ich glaubte, dass (dänisch)

4   Großvater (dänisch)

5   ich will mit Ihnen sprechen

6   zwischen (dänisch)

7   dass er würde nehmen (schwedisch)

8   Ehefrau (dänisch)

9   und da ist niemand, der das Geringste hinter meinem Rücken sagen kann (dänisch)

10   darauf können Sie sich verlassen (dänisch)

»Oui, ich haben in Deutschland gewesen, och daa maa man rette navn efter Byen[11], i saer da de Franske, S' Gu slet ikke ere godt lidne[12] in Deutschland.«

Der Baron klingelte.

»Laufe nach der Bootbrücke und bitte die beiden Grafen Svedenhjelm herzukommen. Aber leise, hörst du, damit die Übrigen nichts merken.«

Die Kammerjungfer verschwand mit einem zögernden, skandalhungrigen Blick auf die fremde Dame, die noch immer das Gesicht im Taschentuche verbarg.

»Verdammtes Abenteuer!«, murmelte der Baron und steckte sich inzwischen eine Zigarre an. Doch dabei blinzelte er seitwärts nach der kleinen schluchzenden Gestalt mit den ausgestreckten charmanten Füßchen hin. Der alte Adam erwachte in ihm und er flüsterte mit einer Stimme, die väterlich sein sollte, während er sich ihr langsam näherte und mild über die schwarzen Locken strich: »Armes Kind, ich … hm … armes Kind …«

»Ah, monsieur vicomte du Hjelmskog! Pauvre la petite fille Madeleine!« Und damit warf sie sich ihm heftig an die Brust und legte dem »alten« Baron beide Arme energisch um den Hals. So fanden ihn die beiden Grafen Svedehjelm.

»Hi, hi, hi, du alter Ravaillac! Bist du rein von Sinnen? Hier in deinem eigenen Hause!«, sagte der alte Graf.

Baron Stålsköld richtete sich würdevoll und verletzt auf.

»Dabei ist wirklich nichts zu lachen, mein Freund!«

Kaum hatte das Dämchen einen Schimmer von Graf Axel erblickt, als sie ihm schluchzend in die Arme stürzte.

11   und da muss man den Namen nach dem Orte richten

12   besonders da die Franzosen, weiß Gott, durchaus nicht gut gelitten sind (dänisch)

»Mon Axel, mon ange, mon dieu! Oh du undankbarer! Husker De da slet ikke[13] hvad De har lovet mig[14] und meine kleine garçon?«

»Was denn? Ist da auch ein Junge?«, brach der alte Baron aus.

»St! Still! Bist du toll? Schweig'! Ich werde freigebig sein – später. Mache mich nicht unglücklich, Madeleine!«, flüsterte Axel, dem der Angstschweiß in großen, klaren Tropfen auf den blonden Schnurrbart perlte. Und dabei machte er sich behutsam von ihr los.

Mademoiselle setzte sich auf dem Schreibtischsessel zurecht und bemerkte dabei ein Zigarettenetui.

»Excusez-moi«, lächelte sie dem alten Baron zu, zündete rasch eine Zigarette an und steckte sie in das zierliche Mündchen.

»Meine Freunde, Ihr sprecht wohl gewiss lieber einen Augenblick allein mit Mademoiselle. Ich habe die Ehre, mich zu empfehlen. Wir treffen uns nachher!«, sagte der Baron mit einem nicht allzu freundlichem Blick auf den jungen Grafen.

Draußen stand die Baronin in Feuer und Flammen.

»Was bedeutet dies, Casimir? Diese fremde, merkwürdige Dame und dies ... wer ist sie?«

»Beruhige dich, Julie. Das ist wirklich gar nichts, das ...«

»Was ist das für eine Person, Casimir?«

»Es ist – es ist – eine Kunstreiterin, glaube ich. Jaha, das wird sie sein, jaha ...«

»Kuuunstreieieiterin! Was will sie von Svedenhjelms?«

»Ja–ja–ja, siehst du, mein Schatz ... hm ...«

»Willst du mir antworten? Casimir!«

»Ja gewiss, mein Engel, was wolltest du wissen?«

»Was die Kunstreiterin von Svedenhjelms wollte!«

13   erinnerst du dich denn dessen durchaus nicht

14   was du mir gelobt hast (dänisch)

»Ja–so. Ja, siehst du, Julie, du weißt, dass in Säfby eine Manege ist.«

»Nun, und?«

»Jaha, und so – da – dann ist da Tierschau – nächste Woche auf dem Säfbyer Bahnhofe. Sie will die Manege mieten und während dieser Zeit einige Vorstellungen geben.«

»Zirkus für die Bauern! Wird auch ein feiner Zirkus sein! Und darum ist sie hierher gereist?«

»Die haben Pech gehabt, Julchen, abscheuliches Pech, und sind nun wohl ein wenig heruntergekommen. Zwei Pferde sind ihnen gestorben – ich meine, so sagte sie – und die Primadonna hat sich den Fuß verrenkt oder wie es nun war. Nein, durchaus nicht, sie ist gar nicht weit gereist, um Svedenhjelms zu treffen. Die Gesellschaft kommt nun von Malmö – nein, von Båstad war es.«

»Still, Casimir! Die Person weint ja.«

»Tut sie das? Ja, freilich! Ja, dann erzählt sie gewiss gerade von den toten Pferden. Solche Leute halten entsetzlich viel von den Tieren, mit denen sie arbeiten. Willst du nicht auch ein bisschen ins Freie gehen, Julchen?«, schlug der Baron vor und ging wieder in sein Zimmer.

»St!! Tausend noch einmal, seid doch wenigstens still. Julie ist draußen, furchtbar aufgeregt, und die anderen können jeden Augenblick vom See zurückkommen.«

»Ach, Bruder, ich bin außer mir vor Zorn und Betrübnis«, rief der alte Graf aus. »Nun sind wir endlich zu einem Resultat mit – mit – dieser Person gekommen.«

Am Kachelofen stand Graf Axel mit Madeleine La Tour und legte die letzte Hand an den Friedenstraktat.

»Nein, Madeleine, nein, sechstausend für dich, wie wir abgemacht haben, aber nichts Besonderes für den Knaben. Ihn will ich selbst unterbringen und versorgen.«

»Ah, du Biest! Så hor daa De slemme karl att[15] – der kleine Bube ist gestorben for lange, lange siden[16]. Da jeg[17] kein Geld bekommen können for hanen[18], kann De lige saa gerne faa den hele Sanning att vide[19]. Adieu, mon ami!«

Und dabei knickste Mademoiselle La Tour, alias Fräulein Tor, zierlich und maliziös und trippelte zu ihrem in der Allee wartenden Wagen.

Auf den gewöhnlich so bleichen Wangen Axels brannte tiefe Glut und er kaute in voller Verzweiflung an seinem langen rotblonden Schnurrbart.

»Kannst du mir dies jemals verzeihen, Onkel?«, murmelte er mit auf den Boden gehefteten Augen.

»Das werden wir sehen, mein feines Herrchen«, zischte der alte Baron wütend. »Ich bin auch kein Heiliger in meiner Jugend gewesen, und wir Männer können einander wohl zugestehen, dass wir auf die Sache an und für sich kein so großes Gewicht legen. Aber dass man mit einer solchen Liebschaft solche Rechte über sich einräumt, dass man sich wie ein Missetäter freikaufen muss, das ist zu leichtsinnig, Axel!«

»Ich verdiene den Vorwurf, Onkel. Ich bin ein wilder Schlingel gewesen, den niemand hat im Zaum halten können. Aber dein Vertrauen soll mir ein Sporn zu einem neuen Leben sein. Die Liebe zu einem edlen Mädchen zügelt jeden ehrenhaften Mann, und wenn du ›dies‹ vergessen willst, so schwöre ich, nie wieder aus der Bahn zu weichen oder über die Schranken zu setzen.«

Das Gesicht des alten Barons erhellte sich.

15   so höre denn du schlimmer Kerl, dass

16   seit lange, lange

17   ich

18   für ihn

19   kannst du ebenso gerne die ganze Wahrheit zu wissen bekommen

»Komm her, Junge! Zum Teufel, man kann dir nicht länger böse sein. Sie – die da – sie ist nun wohl wirklich fort?«

»Jaha, Gott sei Dank!«, seufzte der alte Graf und wischte sich energisch den Schweiß von der Stirn.

6. Ein gebrochener Mann und ein gebundenes

Weib

»Ich bin ein gebrochener Mann, Pastor! Sprechen Sie milde mit mir!«, seufzte der alte Fahnjunker Örn.

Es war für Arvid einer seiner ersten Krankenbesuche, obgleich man nun schon ziemlich weit im Juni war. Doch das arme Volk in Quislinge hatte nicht Zeit, während der eiligen Frühlingsarbeit krank zu liegen; das mussten die Leute im Winter oder vor der Ernte abmachen, und wollten sie sterben, so kam es am wenigsten ungelegen im Oktober, wenn der Roggen gesät und die Kartoffeln aufgenommen waren.

Doch der alte Örn hatte mit seinen zitternden, mageren Armen nichts mehr ausrichten können, und darum konnte er es sich erlauben, sich zum Sterben niederzulegen, während die Linde blühte und der Apfelbaum vor dem Giebelfenster sein weißes Sommerkleid auf die kleinen bleigefassten Scheiben streute.

Örn war in seinen jungen Tagen kein sogenannter braver Mann gewesen. Er hatte ein wildes Leben geführt und nicht bis zur Pensionierung beim Militär bleiben können. Nachher hatte er sich durchgeschlagen, Gott weiß wie, in einer baufälligen Hütte mitten im Walde, zu der kein Fahrweg führte, und wohin nur zwei Mal wöchentlich ein Mädchen vom Nachbarhofe mit etwas Milch kam. Als sie das letzte Mal dagewesen war, hatte sie die Wassertonne leer und den Alten, außerstande sich zu erheben, im Bette gefunden.

Da wollte er den Pastor haben. Sonst schimpfte er stets auf die Pfaffen und war seit fünfzehn Jahren nicht in der Kirche gewesen. Seine Frau war schon vor vielen Jahren gestorben, an der Schwindsucht, sagte er, aber das war eine solche Schwindsucht gewesen, wie man sie von Nachtwachen, Tränen und Furcht vor Misshandlungen bekommt. Ob er kinderlos war, wusste er selbst nicht. »Einer von meinen vier Rangen lebt gewiss noch irgendwo in Amerika, wenn er nicht auch schon krepiert ist!«

Doch war des Alten Gottlosigkeit nicht von der reflektierenden Art. Sie war bloß eine Seite eines ungezügelten, lebenslangen Ausbruches, eines bösen, verkehrten Sinnes. Sie wich der Todesfurcht, und mit Tränen auf den eingeschrumpften Wangen versuchte er nun das schmutzige, graue, bartbewachsene Antlitz zu dem Prediger zu erheben, während er flüsterte:

»Ich bin ein gebrochener Mann, Pastor! Sprechen Sie mild mit mir!« Dann sank er auf seinen Strohsack zurück und schloss einen Moment die Augen.

»Sind Sie der neue Pastor?«, flüsterte er dann.

»Ja, aber mit der alten Botschaft für den, der sie mit offenem reuigen Herzen aufnehmen will«, antwortete Arvid freundlich und setzte sich auf einen Dreifuß am Tische.

»Aber ... aber ... für mich gibt es wohl keine Gnade? Ich bin in meinen jungen Tagen so wild gewesen, und dann – später – auch. Und nun ist die Zeit so kurz, so kurz«, seufzte der Alte, und Tränen rollten in seinen struppigen grauen Bart.

»Ja, sehen Sie, Herr Örn, Gott hat uns natürlich nicht Kraft, Vernunft, einen gesunden Körper und ein ganzes langes Leben dazu gegeben, dass wir dies alles im Dienste der Sünde anwenden, und erst dann – wenn die Kraft verbraucht, die Vernunft erschlafft, die Gesundheit gebrochen und das Leben verschleudert ist – uns zu Ihm wenden und Ihm die Ruinen dessen weihen, was einst sein eigenes Bild war. Aber sein Wort steht doch ewig fest: ›Wer da anklopfet, dem wird aufgetan!‹ Es heißt nicht: ›Wer jung und stark zu mir kommt‹ oder ›Wer mit guten Handlungen zu mir kommt‹ oder ›Wer zu mir kommt, während er noch Zeit hat sich zu bessern‹, nein, es handelt sich nur darum, dass man wirklich ›kommen‹ will, mit Sünde und Scham, mit Qual und Weh. Wollen Sie nun so kommen, Herr Örn?«

Die schmalen, ausgemergelten Hände kamen unter der zerlumpten Decke hervor, und eine Träne nach der anderen fiel auf den Strohsack nieder. Und nun folgte eine ernste, warme Beichte, worin dem Alten ans Herz gelegt wurde, sich genau zu prüfen, ob seine Reue nur ein Erzeugnis des Schreckens wäre, den man auf der Schwelle zum Tale der Schatten empfindet, oder ob er sich wirklich vor sich selbst und seinem vergangenen Leben entsetzte. Dann kam Trost, Hoffnung, Licht und Seligkeit. Und die weißen Apfelblüten fielen weich gegen die kleinen, schmutzigen Scheiben, und durch das offene Giebelfenster sang ein kleiner geflügelter Sommerbote von Auferstehung und ewigem Frühling; und Arvid sprach wärmer, inniger, besser zu dem Akkompagnement des Vogelsanges als zu dem des alten Küsters in der Kirche.

Schließlich erhob er sich, um zu gehen.

»Wo ist das Mädchen, das mich begleitet hat, geblieben? Sie sind zu schwach, um nun allein zu bleiben.«

»Herr Örn wird nicht mehr einsam sein. Ich habe eine Wärterin besorgt.«

Die Antwort kam aus der halb geöffneten Tür der nebenan liegenden Kammer. Auf der Schwelle stand Gerda Stalsköld mit brennenden Wangen und Tränen in den großen, tiefen Augen.

Es war Arvid, als drängte sich ihm alles Blut ins Gesicht.

»Sie hier, Baronesse?«

»Ja, ich hörte gestern, wie verlassen und hilflos der alte Fahnjunker hier läge und deshalb ...«

»Ja, Gott segne ...«, murmelte es vom Bette her.

Erst jetzt sah sich Arvid im Zimmer um. Auf dem Herde stand eine Terrine mit Suppe und eine Flasche Bordeaux. Ja so, das Fräulein auf Hjelmskog pflegte in den Hütten umher zu gehen und den hilfreichen Engel zu spielen!

Das Fräulein hatte sich diese Sachen von einem Mädchen hertragen lassen, das bis zur Ankunft der Krankenwärterin bleiben sollte. Nachdem sie dem alten Örn ein freundliches Lebewohl gesagt hatten, traten Gerda und Arvid auf die morschen Türstufen hinaus.

»Warten Sie ein wenig, Herr Pastor! Ich habe einen Freund hier im Gebüsche«, rief Fräulein Gerda und ging von dem kleinen Steige in den Wald hinein.

Arvid sah düster aus und fühlte sich erregt, ohne selbst zu wissen warum. Das Samariterfräulein ließ sich also auf seinen Barmherzigkeitswegen vom Bräutigam begleiten! So vereint man das Nützliche mit dem Angenehmen!

Am liebsten wäre er nun seiner Wege gegangen, aber sie hatte ihm ja nicht Zeit gelassen sich zu verabschieden. Mit zögernden, widerwilligen Schritten folgte er ihr. Da lag natürlich der gräfliche Leutnant auf dem Moose und vergnügte sich mit einer Havanna, vielleicht auch mit einem Romane von Zola oder Maupassant. Es fehlte nur noch, dass er auch ihn zum verborgenen Zuhörer gehabt hatte!

Da ertönte ein munteres Wiehern unter den Föhren, und er sah einen kleinen gelbweißen Schecken, der seine Herrin froh begrüßte und mit den kleinen buttergelben, glänzenden Hufen ungeduldig das Moos zerscharrte.

Hm! Ihr Anzug war ihm so absonderlich vorgekommen, das war also ein Reitkleid.

Von den beiden Teilen, aus denen ein rechtschaffener Zentaur besteht, mochte Arvid in seiner augenblicklichen Laune das Pferd am liebsten. Sein Gesicht erhellte sich, und er beeilte sich, ihr beim Losbinden des Pferdes zu helfen.

Als sie auf dem Wege anlangten, machte er Miene, Gerda in den Sattel zu helfen, obgleich er, um die Wahrheit zu sagen, nicht recht wusste, wie man sich dabei zu benehmen habe.

Doch sie wand den Zaum um ihren runden Arm, sagte »Pfui, Zuleima!« zum Schecken und »Wenn Sie erlauben?« zum Pastor, und so ging man weiter.

Arvid fühlte sich so leicht zumute, wie er sich seit seiner Turnerzeit nicht gefühlt hatte. Er hätte über Büsche und Steine setzen mögen. Weshalb? Ja, hätte er das selbst gewusst, so wäre auch die Freude fort gewesen.

Sie hatten sich einige Male auf Hjelmskog und in der Umgegend gesehen, auch mehrmals zusammen musiziert; sie waren nun schon beinahe alte Bekannte.

»Danke, Herr Pastor, für – die Predigt, hätte ich beinahe gesagt, doch ich habe niemals in einer Kirche etwas gehört, das einen so tiefen Eindruck auf mich gemacht hätte wie Ihre Worte drinnen.«

Sie deutete mit der Reitgerte auf Örns Hütte und sah Arvid mit warmen, strahlenden Augen an. Wie keck saß der Zylinder mit dem weißen Schleier auf dem dunklen Kopfe! Wie prächtig trat ihre Büste in dem grünen enganliegenden Kleide hervor. Er vergaß beinahe zu antworten.

»Hm, hielten Sie es für recht, so zu lauschen? Ich glaubte mich mit dem Kranken allein.«

»Ich bin allerdings so wohlerzogen, dass ich weiß, dass man eigentlich nicht lauschen darf; aber Gottes Wort anzuhören, kann wohl niemals unrecht sein, und in jedem Falle konnte ich Sie nicht begrüßen, da Sie schon Ihr Gespräch mit dem Alten begonnen hatten.«

Arvid lächelte.

»Aber Sie wissen vielleicht, Baronesse, dass es auch in unserer Kirche etwas gibt, was man ›Beichte‹ nennt, und was darin gesagt wird, muss zwischen ...«

»Allerdings, aber der alte Fahnjunker wusste, dass ich zugegen war.«

»Nun, in dem Falle bleibt mir nur die Freude, Sie als Zuhörerin gehabt zu haben.«

»Nun verstehe ich, wie Sie sich hier wohlfühlen können, trotz der Abgeschiedenheit und der – der kleinlichen Verhältnisse. Es muss schön und herrlich sein, einen Lebensgedanken so erfasst zu haben und ihn anderen so mitteilen zu können, wie Sie es tun. Einer solchen Lebensaufgabe gegenüber fühlt sich ein anderer so klein und unnütz.«

»Nein, Baronesse, sagen Sie das nicht! Haben Sie nicht die schönste Lebensaufgabe? Einem Manne alles zu sein, einer von Zweien zu sein, deren Gedanken, Gefühle und Streben dieselbe Richtung haben, für zahlreiche Untergebe ... Au, es beißt!«

»Pfui, Zuleima! Nein, gewiss nicht, sie schnappt nur aus Spaß nach dem, welchen sie leiden mag. Sie können sich geschmeichelt fühlen. Aber wobei blieben wir stehen? Ja, glauben Sie wirklich, dass es viele solche Ehen gibt?«

Sie sah ihn mit tiefem Ernste an, als wollte sie ihm durch den Predigerrock blicken.

»Ich fürchte, nein! Aber so sollten alle sein.«

Einen Augenblick lang vernahm man nur das Knacken trockener Zweige und Zuleimas Hufschlag.

Konnten ihre Gedanken und Gefühle, konnte ihr Streben in »Steeple chase« und Pferdestammbäumen aufgehen, konnte das Aussehen eines Rennpferdes und seine Dressur sie auf die Länge fesseln? Denke, wenn doch, bei Lichte besehen, die Ehe eine ernstere Sache war, als sie bisher gedacht hatte! Denke, wenn es zu früh wäre, mit dreiundzwanzig Jahren das Warten auf das

– das – unaussprechlich Süße abzuschließen … Dummheiten! Niemand auf der Welt würde ihr besser gefallen als Axel. Sie hatte ja so viele gesehen.

Aber der Frühsommerwind sauste in den Tannen und Föhren, über den duftenden Wachholder und moosige Steine. Die Sommersonne schimmerte so zauberisch durch die wiegenden Baumkronen und spielte in den am Boden liegenden Nadeln. Ozonduft und Lebenslust küssten Wange und Nacken, und umsonst hatte er den Abendmahlskelch unter dem Arm. Was hilft es einem jungen, stolzen, schüchternen Männerherzen, sich mit einem schwarzen Rocke zu bepanzern, der bis ans Knie reicht und bis zum Kinn zugeknöpft wird!

Nun war der Fußpfad zu Ende und ihre Wege trennten sich. Arvid fühlte sich doch ein bisschen geniert, als er behutsam das Abendmahlsgerät in die Preißelbeerstauden am Wege legte, sich beugte und seine breite, braune Hand als Stufe darbot. Ein leichter Druck auf seinen Fingern durchzuckte ihn mit elektrischem Schlage, eine weiche Hand lag eine Sekunde lang auf seiner schwarzen Schulter, und dann galoppierte Zuleima fort.

Und aus einer Staubwolke glänzten ein Paar großer, klarer, brauner Augen, die Monate und Jahre durchfliegen und erspähen wollten, wie die Zukunft sich gestalten würde. Wie es kam, wusste sie nicht, aber sie dachte jetzt ernster darüber nach als bisher. Sie befragte das Schicksal. Herrlich würde die Zukunft sein, nicht wahr? Wie das glatte Parkett in Säfbys Sälen, wie ein gebahnter Weg in einer lachenden Wiese würde sie sein. Gleich und *comme il faut* waren ja Mann und Frau. Die Einrichtung und das wappengeschmückte Silberzeug waren bereit. Verkehr mit der besten Gesellschaft wartete ihrer. Niemals würde Axel die Pflichten eines Gentleman seiner Gräfin gegenüber außer Acht lassen, und sie, sie selbst brauchte nicht viel zu tun, um als edel und gut gepriesen zu werden. War das nicht Glück? – Ruhig, Zuleima! – Hin und wieder würde sie auch ihr Vaterhaus besuchen. – Wenigstens jeden Sommer. – Dann würde sie auch wohl zur Kirche fahren. – Die Sonntage sind ja so unerträglich lang auf dem Lande. – Pastor Magnusson sprach so wunderlich, so menschlich. Würde er hier ergrauen oder etwas Besseres bekommen? Wen würde er heiraten? Denn natürlich musste er heiraten, sonst bleibt ein Pastor ja nicht arm genug. Eine kleine, dicke Pastorentochter vermutlich. Lotte oder Eva Strandin zum Beispiel.

Aber als sie sich diese kleine fade, einfältige Pastorin im Pastorstuhl sitzend und die Rührung empfindend, die Pastor Arvid seinen Zuhörern einzuflößen verstand, als sie sich dies Bild vorstellte, wurde sie nervös und wusste doch selbst nicht warum. Sie gab Zuleima einen Schlag, dass das Tier sich aufbäumte und in Windeseile durch die Allee nach Hjelmskog sauste.

Draußen auf dem Landswege nahm Arvid das Abendmahlsgerät aus den Lingonstauden auf und ging leise vor sich hinsummend nach Quislinge.

Es tut mir leid, eingestehen zu müssen, dass sein Gesang nicht aus Fantasien über eine Kirchenmelodie bestand.

7. Großer Besuch in Quislinge

Es war eigentümlich, dass der alte Örn nun seine Tage unter der liebevollsten Fürsorge beschließen sollte, nachdem er in seinem Leben so lieblos und hart gewesen war. Mutter Marthas Suppenschüssel und der feine Bordeaux aus dem Hjelmskoger Keller standen vertraulich auf dem Tischlein im Krankenzimmer beieinander und in das eine der beiden vorhandenen Wassergläser setzte Gerda jedes Mal, wenn sie kam, einen frischen Blumenstrauß.

Und wenn sie so die Stätte der Armut ein bisschen freundlicher gemacht, sich nach dem Befinden des Fahnjunkers erkundigt, die Wärterin bezahlt und ihr Geld für den Haushalt gegeben, dann hatte sie ja die Pflicht der Barmherzigkeit erfüllt und hätte zu anderen Armen, in ihr glückliches Heim, zu ihrem Bräutigam eilen können. Aber doch verweilte sie noch, sie wusste nicht weshalb; es war, als erwartete sie etwas, sie wusste nicht was. Schließlich fragte sie die alte Katharine nachlässig, gleichartig:

»Ist der Pastor kürzlich hier gewesen?«

»Nein, seit vorgestern nicht.«

Hm! Er kam jeden zweiten Tag, grade wie sie selbst. Es war so eigen, dass sie zufällig jedes Mal am selben Tage kamen. Nun, ihr konnte das ja einerlei sein.

Da knarrte das kleine, zerbrochene Gartenpförtchen, feste, rasche Schritte ertönten auf dem Kieswege, und ein schwarzer Rock schimmerte durch das Fenster.

Zwei Geschwisterkinder, die sich am Sterbebette eines Millionärs gegenseitig den Rang im Testamente abzulaufen bemühen, hätten nicht aufmerksamer und liebevoller gegen den sterbenden Onkel sein können, als es diese beiden Menschen gegen den alten Örn waren. Aber dazu hatten sie auch Zeit. War man nur zu Mittag wieder zu Hause, so war es ja gut, und die ungeduldige Zuleima, die scharrte, wieherte und wartete, kam nicht immer mit.

Hier draußen im Rahmen der armen Hütte und der hohen dunkelgrünen Tannen nahm sich Arvid besser aus als in Hjelmskogs Salon. Hier trat die feste Männlichkeit, das weiche Gefühl seiner Natur ohne den Beischmack eckiger Bewegungen und linkischer Manieren hervor. In dieser Umgebung wuchs er, so schien es Gerda; im Salon schrumpfte er zusammen. Dort ließ sie sich freundlich zu ihm herab, hier begann sie zu ihm aufzusehen.

So wanderten sie durch den Wald nach Hause, manchmal eifrig plaudernd, manchmal schweigend; aber jedes Mal, wenn sie sich trennten, meinten sie viel gehört, gesehen und gelernt zu haben. Oft sprachen sie davon.

»Ein solches Sterbebett ist lehrreich, Baronesse.«

»Ja. – Ich glaube, dass sich hier mein Gesichtskreis für so manches, was mir bisher fremd war, erweitert hat«, antwortete Gerda mit strahlenden Augen.

Der alte Örn hatte die ganze Zeit geschlafen; der Pastor und Fräulein Gerda hatten auf einem umgefallenen Baumstamme in dem Gärtchen gesessen.

Aber daheim auf Hjelmskog in der alten, zur Manege eingerichteten Brauerei ritten Graf Axel und Baron Gösta »Volta!«, »Avancé!« und »Grade durch!«, zum Schluss auch noch »spanischen Tritt«. Sie probierten heute zwei junge, auf dem Hofe aufgezogene Pferde. Die beiden Gentlemen arbeiteten im Schweiße ihres Angesichts, nahmen dann eine Dusche im Badehause am See und kamen in korrekter Toilette, guter Transpiration, bester Laune und mit vortrefflichem Appetit zu Tisch.

»Meiner Treu, man erzieht sich selbst, wenn man den Charakter eines so jungen Geschöpfes studiert«, sagte Graf Axel.

»Ja, und eines so intelligenten Mädchens!«, fiel die gnädige Gräfin Svedenhjelm ein, die draußen auf der Terrasse ihres Sohnes Bemerkung mit angehört hatte und mit dem kleinen, grauen Kopfe beifällig dazu nickte.

»Hm! Ja, sie auch, Mama, aber eben sprachen wir eigentlich von Pferden.«

Auf dem Lande wird es selbst für eine größere Familie langweilig, wenn man alle Nachbarn besucht, alle Aussichtspunkte bestiegen, alle Holme durchstreift und alle Krocketplätze ausprobiert hat. Ein solcher Tag lag schwer auf Hjelmskog, und deshalb schlug der alte Baron gähnend vor:

»Wollen wir heute nicht einmal den Pastor heimsuchen?«

»Lieber Casimir, zwei Meilen in diesem Staube bei dieser Hitze, das hält man nicht aus.«

»Nein, ich meine nicht den Präpositus in Sjöreda, sondern den Quislinger, den Troubadour Magnusson.«

»Er ist ja Junggeselle und hat es gewiss recht dürftig. Wir setzen den armen Menschen nur in Verlegenheit. Er hat uns niemals dazu aufgefordert.«

»Unsinn, gerade, weil er Junggeselle ist, kann er uns so kurz wie möglich abfertigen. Mit einem Glas Wasser, wenn er will. Hat er einige Tropfen Himbeersaft hineinzugießen, so ist es ja vortrefflich. Nachher fahren wir wieder heim. Wir wollen uns ihm nicht zum Abendbrot aufdrängen.«

Arvid stand vor dem Bienenhause an der Stalltür, wo die Südsonne brannte und Millionen von kleinen fleißigen Arbeitern umhersummten und sich, belastet mit der Ernte des Tages, in die Öffnungen der Bienenkörbe drängten. Den Rock hatte er drinnen in der Kammer gelassen. Er war Bauernjunge und als solcher mit dem Leben und den Gewohnheiten der Bienen vertraut. Die Bienen krochen auf seinen Hemdsärmeln umher, er konnte sie furchtlos mit den bloßen Händen anfassen. Sie fühlten instinktiv, dass er ein Freund war.

Die Liebe ist überall in der Natur mächtig.

Die Bienen interessierten ihn überdies wie nichts anderes. War er bei ihnen, so sah und hörte er weiter nichts, und deshalb bemerkte er, als er zufällig aufsah mit Schrecken, dass zwei volle Wagen, auf denen die Hjelmskoger Herrschaften saßen, vor der Veranda hielten, das will sagen, zwischen ihm und seinem Rocke. Sein erster Gedanke war, das Hasenpanier zu ergreifen, sich in die Küchentür zu schleichen, Luise nach dem Rock zu schicken und so die Situation zu retten. Aber er war ungewiss, ob seine Mutter zum Empfange des Besuches angezogen war, und schauderte vor dem Gedanken, sich lächerlich zu machen, wenn ihn die Gäste zufällig fortlaufen sehen sollten. Er sah die unglückseligen Hemdsärmel an. Es war erst Dienstag, und sie waren blendend weiß. Doch noch ein Glück im Unglück. Mit dem Mute der Verzweiflung trat er näher:

»Ich bitte tausend Mal um Entschuldigung, dass ich mich so habe überraschen lassen, doch wenn die Herrschaften mir gütigst gestatten wollen, eine halbe Minute verschwinden zu dürfen, so werde ich gleich die Ehre haben, Sie willkommen zu heißen.«

»Hier ist dein Rock, Arvidchen!«, tönte eine schüchterne Stimme, und der Pastor hatte nun das Vergnügen, seine Mutter sämtlichen Herrschaften vorstellen zu müssen. Die Übrigen verbeugten sich aus der Entfernung, nur der Baron und die Baronin Stålsköld drückten der Alten die Hand.

»Sehr erfreut, Frau Magnussons Bekanntschaft machen zu können«, versicherte der Baron.

»Nein, nein, um Gottes willen!«, wehrte Mutter Martha ab.

Arvid lächelte gezwungen.

»Oh nein, meine Mutter will nur nicht ›Frau‹ angeredet werden. Sie ist eine einfache Bäuerin und gewohnt, bei Hoch und Gering Mutter Martha zu heißen. Aber, bitte, treten Sie näher, meine Herrschaften. Es ist sehr freundlich von Ihnen, meinem geringen Hause diese Ehre zu erweisen.«

Graf Axel trat an eines der kleinen Fenster nach der Seeseite.

»Sieh hier, Gösta! Eine charmante Reitbahn von hier bis zur Landzunge dahinten, wenn der See nicht steigt. Ruhig und beschattet.«

»Nun, wie gefällt es … Mut … Ihnen hier draußen in Quislinge?«, fragte die Baronin, als sie glücklich in der Ecke des Sofas der seligen Frau Lündberg gestrandet war.

»Oh, teuerste Frau Baronin! Wie sollte es mir nicht gefallen, wenn Arvid es so gut getroffen hat.«

»Lachen Sie nicht über meine alte Mutter, Frau Baronin!«, bat Arvid. »Was dem einen armselig scheint, das hält der andere für herrlich, und Sie können glauben, Mutter und ich haben es schlechter gehabt als jetzt.«

»Ja, Herr Gott, wie wir es gehabt haben! Aber nun darf ich wohl etwas Moltebeersaft und Wasser holen?«

»Danke vielmals! Es tut uns so leid, dass wir Ihnen Mühe machen.«

Baron Gösta erkundigte sich nun bei Arvid:

»Aber, Pastor, wie schlagen Sie hier bei den Bauern nur die Zeit tot? Treiben Sie vielleicht Sport?«

»Oh ja, ein wenig«, antwortete Arvid und es zuckte dabei in seinen Mundwinkeln.

»Nein, wirklich?«

»Jaha, Baron; sehen Sie das Häuschen da drüben?«

»Aha, Gymnastik? Aber verzeihen Sie, das sieht ja aus wie ein Holzstall.«

»Das ist es auch, und die Apparate sind ein Holzblock und eine Säge.«

»Ha, ha, ha! Ich habe gehört, dass es Prediger gibt, die eine Rosinante besteigen, wenn sie ihre Gemeinde besuchen. Reiten Sie nicht, Herr Pastor?«, fiel Graf Axel ein.

»Nein, ich habe einen körperlichen Fehler, der mir dies Vergnügen verbietet.«

»Sie sehen ja so gesund aus, Herr Pastor?«

»Ja, krank bin ich auch, Gott sei Dank, nicht.«

»Würde es indiskret sein zu fragen, was den schwedischen Turf des Vorzuges beraubt, den Herrn Pastor unter seinen Anhängern zu finden?«

»Durchaus nicht. Ja, sehen Sie, meine Herren, meine Beine sind viel zu lang für Quislinges kleinen Pålle. Die würden unausgesetzt an den Boden schrammen. Verzeihen Sie, meine Mutter will etwas von mir ...«

Major Axelsson näherte sich den jungen Männern: »Ich glaube, der Pastor versucht, dumme Witze zu machen!«

Nun kam Luise mit dem Präsentierbrett. Als Fräulein Gerda dies sah, trat sie zu der alten Wirtin.

»Sie nehmen es doch nicht übel, Mutter Martha, wenn ich mich ein bisschen in die Aufwartung mische?«

»Gott tröste mich, ist da etwas mit den Gläsern verkehrt, liebes Fräulein?«

»Nein, durchaus nicht! Ich sah draußen nur einen Korb mit dem allerprächtigsten Kuchen stehen. War es nicht Ihre Absicht, Mutter Martha, uns auch diesen vorzusetzen?«

»Die Kuchen! Oh du mein Schöpfer! Luise, Luise, bist du denn ganz verdreht, dass du die Kuchen vergisst. Tausend Dank, liebes Fräulein! Eine solche Schande! Nein, das muss ich sagen, ich hätte die ganze Nacht kein Auge zutun können, wenn die Herrschaften meine Butterkringel nicht probiert hätten.«

So wurden die Kuchen geholt.

»Sie haben meiner Mutter einen großen Dienst geleistet, Baronesse«, sagte Arvid.

»Verzeihen Sie! Halten Sie mich nicht für dummdreist! Aber ich glaube, es hätte Mutter Martha die Laune verdorben, wenn wir nicht von ihrem Kuchen bekommen hätten.«

Die Mutter winkte aus der Küchentür.

»Arvid!«

»Ja, Mütterchen!«

»Lass sie nicht fahren. Luise und ich machen ein bisschen Abendbrot zurecht.«

»Ich glaube nicht, dass sie das erwarten, Mutter!«

Das kleine, sanfte Antlitz bewölkte sich.

»Dann können sie gerne fahren, wenn du nicht glaubst, dass Luise und ich so anrichten können, dass du dich nicht zu schämen brauchst.«

Arvid legte den Arm um ihren Hals und blickte ihr ins Auge.

»Liebste Mutter, ich wollte dir nur die Mühe ersparen. Wenn ihr, du und Luise, euer Bestes tut, so lade ich sogar den König getrost zum Abendessen ein!«

Im selben Augenblick kam die Baronin, um sich zu verabschieden, aber sie ließ sich leicht durch Arvid zum Bleiben bewegen, und nun ging man ins Freie, um sich die Umgebung anzusehen.

Der alte Graf betrachtete das wüste Gärtchen, das sich bis an den See hinunterzog, klemmte das Pincenez auf die Nase und meinte, hier müssten Gänge in schottischem Stil und ein kleines chinesisches Lusthaus angelegt werden, auch könnte man die alten Süßkirschenbäume durch edle Birnbäume ersetzen ...

Lina Axelsson sagte, hier könnte es ganz reizend werden, eine Weinanlage würde auf dem Abhange vorzüglich gedeihen und diesen selbst könnte man terrassenförmig bis zum Wasser abfallen lassen.

Arvid hörte zu.

»Sie sind vielleicht noch nicht darauf verfallen, Fräulein Axelsson, über eine so triviale Sache nachzudenken, wie viel Gehalt ein Pastor in meiner Lage bezieht.«

»Oh nein, darüber habe ich noch nie nachgedacht!«

»Nun ja, es ist so schrecklich wenig, dass er ganz gezwungen ist, seinen Garten im reinsten Tagelöhnerstil zu lassen und sich mit den natürlichen Terrassen und seinem lutherischen Tempel zu begnügen.«

»Ach, wie schade!«, rief Fräulein Lina und legte das Köpfchen auf die Seite. »Aber warum petitionieren Sie nicht um ein paar Tausend Kronen mehr? Heutzutage petitioniert man ja um alles Mögliche.«

Während die andern hier und dort herumflanierten und Arvid seine Gäste nach Kräften zu unterhalten versuchte, saß Gerda einsam auf der Veranda. Plötzlich sah sie Mutter Martha in den Salon gehen, auf eine Art angeputzt, die Gerda einen Augenblick das Gesicht vor Lachen in dem Taschentuch verbergen ließ.

Den Frauentitel hatte Mutter Martha stets bestimmt abgelehnt, aber eine Art Frauenhaube oder »Negligé«, wie die Frauen der fünfziger Jahre es nannten, hatte sie doch für die Würde einer

Pastorenmutter nötig gehalten. Und nun hatte sie nicht allein die Warptaille mit einer schwarzen Tuchjacke vertauscht, sondern auch die feine Haube aufgesetzt. Doch in der Eile hatte sie es verkehrt gemacht, die Halsbänder hingen über die von Schweiß und Eifer glänzende Stirn herab und die Gesichtskrause umschloss eng den braunen Hals.

»Nein, die Alte war zu gut, als dass alle die Fremden über sie lachen sollten!« Und Gerda ging hinein.

»Ach, liebe Mutter Martha, Sie machen sich unseretwegen zu viel Mühe.«

»Oh, Unsinn, das macht nichts.«

»Nein, welche prächtige Spitzen Sie an Ihrer Haube haben! Entschuldigen Sie, ich liebe Spitzen so sehr.«

»Kreuz, ich verstehe mich gar nicht auf so etwas; aber fein ist es wohl, denn Arvid hat zwei Taler dafür in der Stadt gegeben.«

»Ja, das sage ich auch, aber ich meine, die Haube würde sich noch besser ausnehmen – darf ich? – wenn wir sie zum Beispiel so aufsetzten, oder was meinen Sie, Mutter Martha?«

»Oh, wie fühlt es sich gut am Halse an! Vorher war es gerade, als ob es sich da so stramm zöge.«

Gerda ging wieder auf die Veranda. Also dies war das Predigerhäuschen. Hier würde Pastor Magnusson jahraus, jahrein leben. Oder vielleicht bekam er bald eine bessere Pfarre; er hatte ja »so gute Gaben«. Doch es gehörten gewiss viele Dienstjahre dazu, um aufgestellt zu werden. Nein, er würde sicher noch manches Jahr über die kleinen, knorrigen Fußböden gehen. Sollte er es hier nicht doch manchmal leer und einsam finden? Wie ein solches Leben in Stille und Armut wohl sein möchte? Ja, wenn es zwei wären, die wirklich etwas voneinander halten und nichts Besseres gewohnt sind, dann ginge es vielleicht leichter als man glaubte. Vielleicht käme auch bald ...

»Nein, Axel, wie hast du mich erschreckt!«

Es war der Bräutigam, der sich leise über das Geländer gelehnt, das bezaubernde, stolze Haupt an sich gezogen und einen Kuss auf die warmen, roten Lippen gedrückt hatte.

Aber der kleine Auftritt hatte einen Zeugen gehabt. Düster und ernst stand Arvid drinnen im Saale; seine Hände zitterten, und ehe er es sich versah, fiel die Bierflasche, die er aufziehen wollte, auf den Boden und zerbrach.

Einen Augenblick später kam Mutter Martha in den Garten, knickste und lud zu einem einfachen Butterbrot ein. Der Baron verbeugte sich vor ihr und krümmte artig den Arm.

Aber Mutter Martha, die nie in ihrem Leben zu Tisch geführt worden war, glaubte, dass der Baron etwas Schmutziges auf den Rockärmel bekommen hätte, und begann eifrig mit ihrer Schürze darauf herumzubürsten.

»Nun ist nichts mehr zu sehen«, erklärte sie, und die Gräfin, sowie die beiden Axelssons Mädchen kamen beinahe um vor unterdrücktem Lachen.

Doch im Gesichte des Barons rührte sich keine Muskel, und als er fand, dass er unmöglich in aller Hast Mutter Martha begreiflich machen könnte, was er eigentlich von ihr gewollt hatte, fasste er sie mit einer Verbeugung ganz einfach bei der runzeligen, schwieligen Hand und führte sie, wie man ein Kind führt, hinein zum Tische, wo frische Butter, Eier, Mettwurst, ein vortrefflicher Käse und zwei braungebratene, prächtige Hähne den Gästen ebenso gut mundeten, wie ein feineres Souper es getan haben würde.

Als sie fortgefahren waren, ging Arvid in sein eigenes kleines Zimmer und schloss die Tür hinter sich. Er war leichenblass und sank mit dem Antlitz auf den Schreibtisch nieder. Der Anblick auf der Veranda, die so natürliche Sache, dass ein Bräutigam seine Verlobte küsst, hatte seine Seele wie ein Blitz getroffen und ihn in sein eignes Herz schauen lassen.

Er liebte sie! Großer Gott, dass er es nicht vorher gewusst hatte, wie teuer sie ihm war, lieber als sein eigenes Leben! Wie sollte dies enden! Barmherziger Vater! Gib mir Sorge und Qual, aber reiße dies wahnwitzige Gefühl aus meinem Herzen! Er hörte nicht, wie seine Mutter leise eintrat.

»Arvid!«

Er rührte sich nicht.

»Arvidchen!«

Sie hob sanft sein liebes Haupt auf und erblickte große, große Tränen in den dunklen Augen.

Da schlug sie die blaukarierte Schürze vors Gesicht und schluchzte: »Arvid, Arvid! Oh, dass ich die Hähne schlachtete! Ich wusste ja, wie du dich über sie freutest, weil sie von einer ausländischen Rasse waren, aber weine doch nicht so, Kind, über zwei seelenlose Geschöpfe!«

8. Der Kampf mit dem blinden Gotte

Er war nicht vierunddreißig Jahre geworden, ohne sich ein Weib erträumt zu haben.

Schon hinter den abgenützten Büchern des Gymnasiasten, durch die Reihe der Mühen und Aufgaben, hatte er im Geiste eine junge Frau schimmern sehen, die mit ihm und seiner Mutter die Freude teilen sollte, wenn das bescheidene Ziel erreicht sein würde, und der er selbst alles sein wollte. Ihr Antlitz war deutlicher geworden, ihre Gestalt mehr hervorgetreten, als er auf der Akademie die neuen Schularbeiten in neuer Form nacheinander durcharbeitete und sich dem Priesterkragen immer mehr näherte. Sie war blond und mild, und ein Schatten glitt über ihre Augen, wenn an Arvid Versuchungen herantraten, deren man sich schämt, wenn man seine Braut in die Arme schließt.

War ihr erträumtes, sanftes Bild stärker als die Versuchungen? Nicht immer. Bei einer Prüfung nach dem Maßstabe der Pedantenmoral würde Arvid, obgleich ihn die Kameraden als einen moralischen Pedanten betrachteten, zu leicht befunden worden sein. Aber das erträumte Bild seiner künftigen Pastorin hatte seinerseits dazu beigetragen, ihn vor dem tiefen moralischen Falle so mancher anderer zu bewahren, und es hatte in der Energie des Fleißes und in der Armut gute Bundesgenossen gehabt.

Sie sollte sanft und blond und ein Mädchen aus dem Volke sein, das sich niemals für besser als seine Mutter halten und diese über die Achsel ansehen würde. Sie würde seine Pflichten als Pflegerin der Kranken und Freundin der Armen teilen; ihre kleine Frauenhand und große Liebe würden da durchdringen, wo der Priester ausgeredet hatte und der Mann ratlos stand. Nicht einmal die Elendesten dürften fühlen, dass sie zu fein für sie war.

Mit einem Schlage hatte das Bild Antlitz und Gestalt gewechselt. Hoch und imponierend, dunkel wie die Nacht, obgleich hold wie die Maisonne, fein im Wesen und stolz im Benehmen, hoch über ihm und seiner Mutter, durchbohrte sie beide mit großen, braunen, glänzenden Augen, sie, die ohne darum zu wissen, sich in jedes Atom seines Herzens gestohlen hatte.

Barmherziger Gott, wie sollte es enden!

Dass sie die Braut eines anderen war, machte ihm keine Sorge, so fern und unnahbar schien sie ihm. Eher erfüllte ihn dies mit bitterer Genugtuung; dies würde mit einem Male alle hirnverbrannten Gedanken ersticken; dies würde sie aus seiner Nähe entfernen und ihn von der Qual befreien, sie sehen und mit ihr sprechen zu müssen. –

Der alte Örn wurde schlechter und schlechter. Der Pastor konnte ihn nicht sich selbst überlassen. Aber er änderte Tag und Stunde seiner Besuche; wenn Fräulein Gerda regelmäßig jeden zweiten Tag kam, so würde er sie nicht treffen.

Das ging gut, ein Mal, zwei Mal, aber dann musste auch sie ihre Besuchszeit verändert haben, denn als er kurz vor der Tür des alten Fahnjunkers war, hörte er ihre Stimme durch das Fenster. Und da machte er einen langen Umweg durch den Wald und kam doch wieder zurück. Unter der Tanne, an der damals Zuleima angebunden gestanden hatte, warf er sich ins Moos und ging nicht eher in die Hütte, bis er ein lichtes Kleid durch die Bäume schimmern sah.

So nahe und doch so fern!

Das erträumte Bild hatte Antlitz und Gestalt gewechselt.

Freilich, aber war nicht auch sie, das hohe, dunkle, elegante Mädchen, der Trost der Armen und die Hilfe der Kranken? Und war wohl je eine so freundlich, so rücksichtsvoll, so zartfühlend gegen seine Mutter gewesen wie Gerda?

So fern und doch so nahe!

Sein Angesicht glühte, und er drückte es in das feuchte Moos.

Wann würde ihre Hochzeit sein?

Ihn ergriff ein Tätigkeitsfieber, womit starke Seelen gewöhnlich ihre Herzensschmerzen zu betäuben pflegen. Er suchte die Alten und Kranken an den äußersten Grenzen der Quislinger Gemeinde auf; er machte lange Wege, um dem Unterrichte in den Volksschulen beizuwohnen, und er schrieb oft seine Predigten, obgleich er wusste, dass er wohl vorbereitet sich ohne Risiko auf die Eingebung des Augenblickes in Betreff der Vortragsform verlassen konnte. Auch ließ er ein Brachland für die Roggensaat zurecht machen und sah selbst täglich zwei Mal nach, was Karl und Luise vor sich brachten. Ein paarmal war er bei Onkel Strandin in Sjöreda gewesen. Die fuchsrote Perücke und die freundlichen, kleinen, lebhaften blauen Augen des Alten strahlten ihm schon in der Allee entgegen. Die kleine, kugelrunde Tante Strandin kam aus der Webekammer und rief in den Saal hinein:

»Kinder, er kommt!«, und Eva und Lotte erröteten hastig und zogen flink die neuen, noch nicht alltags getragenen Kattunkleider an, worin sie beide vorteilhaft aussahen, die kleinen, wohlbehäbigen Gestalten, alle beide schneckenfett mit runden, angenehmen, durchaus nicht hässlichen Gesichtern, blauen, bittenden Augen und einer Fülle flachsblonder Locken, die Lotte vorn auf der Stirn gekräuselt trug, während Eva einen geraden Scheitel für betörender hielt.

Einmal war Mutter Martha auf dringendes Bitten mitgekommen. Da kamen die verborgenen Herrlichkeiten des Leinenschrankes zum Vorschein, und die Milchkammer wurde von oben bis unten besehen.

»Arvid, Arvid! So etwas habe ich noch nie gesehen! Hier liegen dreißig Paar frisch gemangelter Laken für jedes Fräulein und fünfundzwanzig Gedecke!«

»Ja, Mütterchen, Tante Strandin ist ebensolche Ameise gewesen wie du, aber sie hat nicht wie du allein für einen großen, langen Buben Sorge tragen müssen, und daher hat sie nun alle diese Schätze, während wir daheim nur fünf Gedecke und vierzehn Paar Laken haben, oder wie viel sind es?«

»Vierzehn Paar! Recht nett, Bruder, recht nett! So etwas muss die junge Frau mitbringen«, bemerkte Onkel Strandin.

»Ja, es ist so eng hier in der Vorratskammer, dass die Leinenschränke der Mädchen bald fortkommen müssen, einer zum Wenigsten«, sagte Tante und blickte zu den Borten auf.

Als sie spätabends heimfuhren, sagte die Mutter:

»Arvid, sahst du, dass sie alte silberne Löffel und Gabeln hatten und Sternmuster auf dem Tischzeug?«

»Ja, Mutter.«

»Herr Gott, Arvid, wenn du dich da hineinheiraten könntest! Die Mädchen würden gut zu deiner alten Mutter sein.«

Arvid hielt Pålle an und sah der Mutter tief ins Auge.

»Ich werde nie heiraten, Mutter. Nie kommt eine andere Hausfrau nach Quislinge als du.«

»Gott bewahre uns, was sagst du! Das wäre doch das Jämmerlichste, was man sich denken kann.« –

Im Saale zu Sjöreda saß Onkel Strandin mit der allerlängsten Pfeife, die er besaß, im Munde.

»Was glaubst du eigentlich, Mama? Welche von den beiden will Magnusson haben?«

»Ja, das mag Gott wissen, lieber Alter! Mit Lotte sprach er so viel über Gartenbau und mit Eva über seinen Roggen. Ich fürchte, dass Lotte sich in den netten Menschen verliebt hat.« –

Bald darauf verpachtete der in Sjöreda wohnende Major das Gut an einen jungen Landmann, Strömberg mit Namen. Dieser machte drei oder vier Besuche im Pfarrhause und er fiel gleich Lottens Stirnlöckchen und Leinenschrank zu Füßen. Eines schönen Tages machte er einen feierlichen Antrag. Lotte weinte und wollte nicht »Ja« sagen.

Aber »Nein« wollte sie noch weniger sagen. »Nehmen Sie Platz, Herr Strömberg!«, sagte der Präpositus und ging hinauf in die Webekammer.

»Ja, was sollen wir nun tun, Mama?«

»Ja, Herr Gott, was hat man doch für Sorgen mit den Kindern. An Strömberg ist ja nichts auszusetzen. Doch ich denke, Magnusson, der ein so feiner Mensch und dazu noch dein Amtsbruder ist, muss zuerst sich eine aussuchen.«

So bekam denn Herr Strömberg den Bescheid, dass Lotte sich sehr geehrt durch seinen Antrag fühle, aber ihr Herzchen noch nicht genau kenne, und um diese interessante Bekanntschaft zu machen, sich eine Woche Bedenkzeit erbäte.

Ein paar Tage darauf fuhr Onkel Strandin nach Quislinge.

»Ich betrachte dich als einen Sohn, Bruder, und will dir darum nicht verhehlen, was der Herr meinem Hause hat widerfahren lassen.«

»Danke, Onkel! Doch kein Unglück, hoffe ich –?«

»Hm … Das hängt davon ab, wie du … hm … Das heißt, wie man es ansieht. Strömberg hat um Lotte angehalten«, sagte Onkel Strandin und blickte Arvid scharf an, um die Wirkung seiner Worte zu beobachten.

»Er soll ein guter Kerl sein, seine Pachtung ist ausgezeichnet, und er hat sicherlich so viel von seinem Vater geerbt, dass er sich gut steht. Ich gratuliere von ganzem Herzen!«, sagte Arvid mit der ruhigsten Miene von der Welt.

»Ja … so … hm … ja … Du meinst also, Bruder, dass wir ihm Lotte geben sollen?«

»Bester Onkel, darin kann *ich* Euch doch nicht raten. Das kommt doch darauf an, welche Gefühle Fräulein Lotte für Herrn Strömberg hegt.«

»Ja–a–a … hm … ja freilich. Adieu, Bruder.«

Als Onkel Strandin zu Hause anlangte, ging er sofort hinauf in die Webkammer.

»Höre, Mama, sag' Stine, dass sie sich gleich zum Ausgehen fertig macht. Sie soll einen Brief zu Strömberg tragen. Magnusson ist sicher in Eva verliebt. Na, nun darf er nichts sagen, nun konnte er sich eine aussuchen. Des Herrn Wille geschehe! So, nun heule nicht, Lotte! Mit Gottes Hilfe bekommt Ihr nun beide einen Mann.«

Der alte Örn starb und wurde begraben, begraben von dem jungen Freunde, der etwas Abendsonne über sein düsteres Lager hatte scheinen lassen.

Als Arvid nach dem Schlusse des Gottesdienstes aus der Kirchhofstür trat, stand dort eine Equipage aus Hjelmskog. Die Baronin, Baron Gösta und Fräulein Lina Axelsson saßen schon im Wagen, aber Gerda sprang vom Trittbrett herab und ging dem Pastor einige Schritte entgegen.

»Ja, nun ist der Alte zur Ruhe gegangen. Dank Ihnen, dass Sie ihn zuletzt auch nicht vergessen haben, obgleich … obgleich ich Ihnen dort nie mehr begegnete. Sind Sie krank gewesen? Sie sehen so bleich aus.«

Sie sah ihm forschend ins Gesicht.

»Guten Tag, Herr Pastor! Danke für die freundliche Aufnahme neulich. War sehr angenehm! Warum lassen Sie sich gar nicht bei uns sehen?«, tönte es vom Wagen her.

»Bitte ergebenst … ich war … in meiner Gemeinde war eine Zeit lang viel Krankheit.«

»Ach, Unsinn, Pastor! Keine Flausen! Sie sind innerhalb vierzehn Tagen zwei Mal in Sjöreda gewesen. Wir trafen neulich die beiden Fräulein Strandin, und sie erzählten es. Sie waren ganz begeistert von den häufigen Besuchen«, versicherte Fräulein Lina Axelsson.

»Vergessen Sie uns nicht! Können Sie nicht heute Nachmittag kommen?«

»Ich danke, aber …«

Gerda hob den Kopf, sah ihn an, als fände sie seine abgebrochene Redeweise sonderbar, reichte ihm die Hand und sagte:

»Kommen Sie!«

Er kam. Er kam gegen seinen Willen, ganz wie ein Hypnotisierter. Die gräflichen Herrschaften waren nach Säfby zurückgereist. Sie konnten ihre ausgedehnte Wirtschaft nicht länger sich selbst überlassen und mussten auch noch das eine oder andere für die Jungen instandsetzen.

Im August sollte die Hochzeit sein.

»Sieh da, ergebenster Diener, Herr Seelsorger! Was der Tausend, sind Sie aber mager geworden! Das sieht, meiner Seel', nicht so aus, als wolle bei Ihnen das Wort Fleisch werden!«, rief Major Axelsson aus, als er den Pastor erblickte.

Die höflichere Begrüßung der Übrigen erstickte die scharfe Antwort, die Arvid auf der Zunge schwebte.

Fräulein Gerda nahm den Gast für sich in Beschlag.

»Sind Sie mir böse? Habe ich Ihnen etwas zuleide getan? War ich bei Ihnen zu Hause zu dummdreist? Ich meinte nichts Böses damit.«

»Aber, Baronesse, was in aller Welt ...«

»Nein, nein! Keine konventionellen Redensarten! Sie laufen vor mir fort, Sie verstecken sich, Sie sind unfreundlich! Was habe ich Ihnen getan?«

»Das sind viele Fragen auf einmal, Fräulein Gerda. Wie können Sie, die Glückliche, Bewunderte, Beneidete, es der Mühe wert finden, den armen – Schlosskaplan so genau zu beobachten?«

»Pfui, wie bitter! Sie waren früher so freundlich«, sagte sie leiser und ein Schleier lag über den braunen Augen.

»Verzeihen Sie mir! Ich bin kein Weltmann und daher nicht Herr über Stimme, Gefühle und Umgangston wie ein solcher. Ich kann ja Sorgen haben, die mich wunderlich und schroff machen. Sie müssen damit zufrieden sein, Baronesse, wenn ich Ihnen versichere, dass Sie mir mit ihrer Freundlichkeit nichts als Gutes getan haben, dass ich Ihnen dankbar bin und ...«

»Ein einziges kleines Duett, Herr Pastor! Gerda hat keinen Ton gesungen, seit Axel reiste.«

Es war die Baronin, welche bat.

Und sie sangen ...

Nun ging das Spiel mit ihm wieder an. Er jubelte in seiner Schlinge und küsste seine Bande und vergaß die Zukunft und den morgenden Tag in der Seligkeit des Augenblickes. Oh, wäre er doch in diesem Augenblicke gestorben, als er sich so an das Pianino lehnte und den weißen Fingern, die über die Tasten glitten, und dem wechselnden Ausdruck in dem dunklen, stolzen, energischen Gesichte mit verzehrenden Blicken folgte.

Kräftiger, stürmischer umwehte sie sein Geist in Dichterworte gekleidet; unter der Maske einschmeichelnder Melodien verbarg er seine eigenen Gefühle.

Ach, das Saitenspiel der Seele und der Stimme hatte – wie aus Versehen – seine Wohnung in dem Bauernsohne aufgeschlagen!

»Danke vielmals, Herr Pastor! Nun werde ich wohl nicht mehr oft das Vergnügen haben, Sie und Gerda zusammen zu hören. Wir haben in diesen wenigen Wochen noch so viel zu besorgen. Die Hochzeit wird schon im August sein.«

Hochzeit im August! Nun wohl, da ist ja alles zu Ende. Unwiderruflich zu Ende. Warum sich dagegenlehnen, warum sich das Bittersüße versagen, noch einige Mal diese teure Stimme zu hören, in diese zauberischen Augen zu blicken! Armes Herz, genieße deinen kurzen, vom Hagel zerschlagenen Sommer! Braune Augen, bohrt euch in die Herzenswunde, so dass es schmerzt! Die Hochzeit wird ja im August sein!

9. Von Amtswegen

Bange und unruhig liefen die Diener auf Hjelmskog durcheinander, leichenblass saß die Baronin im Salon. Tränen standen in ihren scharfen, schwarzen Augen, und die grauen Streifen in dem dunklen Haar hatten in einer Woche beinahe überhand genommen. Die kleine Ellen lag vor einem Fauteuil und bohrte das Haupt in die Kissen; ihr gelbes Haar war in Unordnung, lautes Schluchzen und ein Ausdruck wilder Verzweiflung, die sich auch in einer Kinderstimme wiedergeben kann, erstickten ihr Gemurmel: »Sie stirbt! Sie stirbt!«

Der alte Baron war tief erschüttert. Er sah um zehn Jahre älter aus, und als er Pastor Magnusson auf der Treppe entgegenkam, bemerkte dieser, dass die Augen des Alten rotgeweint waren.

»Danke für Ihre Bereitwilligkeit, Pastor! Sie kommen in ein Trauerhaus. Gott, dass ich einen solchen Tag erleben musste!«

Der kleine, gewöhnlich so gemessene und gezierte Mann brach in krampfhaftes Weinen aus.

Arvid selbst war bleich, und die großen Augen sahen in dem schneeweißen Gesichte wie gemalt aus.

»Es steht schlecht mit Fräulein Gerda, hörte ich.«

»Ihr Leben ist in Gefahr, meines Lieblings Leben! Oh, Pastor, wenn Sie wüssten, was das sagen will!«

Die Augen des Pastors blitzten, und er griff hastig mit der Hand in die Halsbinde, als fürchte er zu ersticken. Die beiden Männer blickten einander ins Auge. Nur der Junge wusste, wie geteilt die Sorge war.

»Sie haben mich rufen lassen, Herr Baron?«

»Ja, sie ist so ... die Krankheit und die Gefahr ... die Schwäche, sehen Sie ... Gott weiß, was sie eigentlich will ... kurz, Gerda wünschte mit jemand zu sprechen ... über ... ja, Sie verstehen ... sie bedarf des Trostes, das arme Kind.«

Arvids bleiche Züge verdunkelten sich. Er war also von Amtes wegen gerufen worden.

»Ja, geradeaus gesagt, mein bester Pastor, wie große Achtung ich auch vor Ihnen habe, so hätte ich doch einen älteren Geistlichen gerufen, wenn mir ein solcher zu Gebote gestanden hätte ... Sie nehmen mir's doch nicht übel?«

Der Pastor verneigte sich.

»Noch ein Wort! Es ist Typhus. Sie sind wohl nicht ...«

»Ich bitte Sie, Herr Baron.«

So sollte er sie wiedersehen!

Erst schwankte er wie ein Trunkener; die Nähe der Geliebten, die dumpfige Luft und das gedämpfte Licht des zum Krankenzimmer eingerichteten Jungfrauenstübchens, die vielen kleinen, eleganten, kaum erkennbaren Gegenstände, mit denen das Zimmer vollgepfropft war, alles machte ihn schwindlig. Später sah er nur das leidende, abgezehrte Gesicht auf dem Spitzenkissen, dessen Blässe noch durch die rote Decke gehoben wurde. Es war ein verhältnismäßig ruhiger Augenblick, die Fieberrosen waren verschwunden und die Verheerungen der Krankheit traten unverhüllt hervor.

Und doch war sie schöner, sah sie weiblicher, feiner aus als je zuvor. Der kräftige, befehlende Zug um den etwas grob geschnittenen Mund war verschwunden und die sonst so blitzenden Augen blickten milde und bittend.

Arvid griff krampfhaft nach der vergoldeten Lehne eines kleinen Fantasiestuhles.

»Ist das der Pastor, Papa?«

Großer Gott, wie matt ihre Stimme klang!

»Ja, Gerda.«

»Geh, Anna, und du, Papa … sprich ein bisschen mit Mama. Ihre Verzweiflung tut mir so weh hier …«

Sie legte ihre breite, weiße, jetzt so dünne und abgezehrte Hand aufs Herz.

Arvid schob den Stuhl, von dem die Kammerjungfer eben aufgestanden war, näher und sank wie vernichtet darauf nieder.

»Ich danke Ihnen, dass Sie so schnell kamen. Danke! Hören Sie nun, Sie haben wohl nicht das … ich meine die Kommunionsgeräte bei sich?«

»Nein … verzeihen Sie, das war …«

»Danke! Das zeigt mir, dass Sie mich verstanden haben … Es ist nicht Todesfurcht … und ich bin in Wahrheit nicht vorbereitet … ich würde nicht wagen, so das Abendmahl zu nehmen. So viel Gottesfurcht habe ich, obgleich ich leider nicht viel gedacht habe …«

Arvid wollte etwas sagen, aber fühlte so deutlich, dass seine Verzweiflung beim ersten Wort jeden Damm durchbrechen würde.

»Ich bin in dieser Woche um Jahre gealtert, Herr Pastor. Ich habe so viel gegrübelt, oh so viel … mein armer Kopf!«

»Sie dürfen sich nicht anstrengen.«

»Ich muss sprechen! Ich habe in diesen langen, qualvollen Nächten gegrübelt. Vieles, was mir vorher so groß schien, ist zusammengeschrumpft und so unendlich klein geworden, und was mir vorher so unbedeutend vorkam, das ist gewachsen und will mich erdrücken … jetzt … – es ist mir gerade, als sei etwas in mir zerbrochen, sehen Sie …«

Arvid stand auf und nahm am Schreibtisch Platz, wo der Schatten der Fensterdraperie ihr den Anblick seines Gesichtes entzog.

»Es kommt bisweilen vor, dass Gott, wenn er uns in unserem gewöhnlichen Leben nicht richtig fassen kann, uns aus unserem Familien- und Gesellschaftskreise herausreißt, uns sozusagen für sich selbst in Beschlag nimmt und auf dem sorgenschweren Lager, in den langen Stunden der Pein das in unser Herz gießt, was wir in den Tagen der Gesundheit, in den Augenblicken der Freude nicht in uns aufnehmen wollten. Die Selbstprüfung …«

Er brach ab. Sie sah so müde aus und schien gar nicht auf das zu hören, was er sagte. Als er schwieg, schlug sie die matten Augen auf.

»Verzeihen Sie, wie sagten Sie?«

Arvid senkte das Haupt. Ach, an diesem Krankenbette hatte er gewiss nichts zu geben …

»Es ist nicht Todesfurcht, sehen Sie. Manchmal denke ich, es müsste so süß sein, einzuschlummern, alles, alles hinter sich zu lassen und mit losgelöstem Geiste weit, weit fortzuschweben. Eher wollte ich … möchte ich es Lebensfurcht nennen. Ich meine, wenn ich wieder gesund würde, könnte ich doch nie wieder froh und glücklich werden; ich fühle, dass mein Leben zerstört ist.«

Arvids Gesicht zuckte. Er nahm den Stuhl am Bette wieder ein.

»Wenn dies Gefühl nicht nur die natürliche Folge der Schmerzen und der körperlichen Schwäche ist, so kenne ich nur drei Verhältnisse im Leben, durch die ich mir dasselbe erklären kann.«

»Ja so, nun verstehen Sie endlich, wie ich es gemeint habe! Nun, wann, glauben Sie, empfindet man so?«

»Was mich betrifft, so würde ich solche Gefühle hegen, wenn ich etwas begangen hätte, was mir den Glauben an mich selbst, die Achtung vor meinem besserem Ich rauben müsste; etwas, das, wäre mir auch Gottes und der Menschen Vergebung sicher, doch mein ganzes Leben hindurch nicht aufhören würde, mich zu ängstigen. Ich glaube auch, dass man so empfindet, wenn jemand, den man liebt mit ganzer … jemand, dem man recht innig gut ist, fortgerafft wird und eine Lücke reißt, die weder Zeit noch ...«

Er blickte sie an. Jetzt war sie nicht mehr müde und gleichgültig. Die braunen Augen bohrten sich in die seinen.

»Und das Dritte?«

»Ja, wenn man sich in seiner Lebensaufgabe geirrt hat, wenn man einen Weg eingeschlagen, der, wie gut er an und für sich auch sein mag, doch nicht der Rechte war, und man einsieht, dass es zur Umkehr zu spät ist. Wenn man einen, fürs ganze Leben entscheidenden Beschluss gefasst hat und dann findet, dass man sich geirrt hat, dass es ein Fehler war.«

Sie hatte das Gesicht halb abgewandt und lag schweigend da, während ihre Brust sich leise unter dem wiederkehrenden Fieber hob, das sie für ein paar Stunden verlassen hatte.

Die Uhr auf der kleinen, geschnitzten Kommode tickte so laut in dem tiefen Schweigen. Arvid ließ den Blick in dem dämmerigen Raume umherschweifen. Er betrachtete jeden Gegenstand mit gierigem Interesse. Hier hatte sie im Fieberschlafe gelegen, sie, die seinem Leben alles Glück genommen, hier hatte sie der Jungfrau Rosenträume geträumt, von hier würde sie ins Brautgemach gehen oder ...

Die dunklen Augen leuchteten auf. Denk', wenn sie stattdessen ins Grab ginge! Wenn der verhasste andere verurteilt bliebe, zu entbehren, auf ewig zu entsagen, wie er selbst, der arme Landpfarrer! Würde ihn dann die Trauer um sie weniger niederdrücken? Vielleicht ... aber sie ... der Schleier des Todes über diesem stolzen Blick, die Vergänglichkeit über dieser herrlichen ...

Zum ersten Male saß er am Siechbette eines jungen Weibes, in dem er etwas anderes als den leidenden Nächsten sah ...

»Und wie lange kann man irre gehen, ehe es unwiderruflich zu spät ist?«

Sie hatte ihm hastig das Gesicht zugewandt und betrachtete ihn forschend.

Der Pastor fuhr zusammen. Seine Gedanken weilten in der Ferne; sie hatten die Schranken der Gegenwart und der Wirklichkeit durchbrochen und weilten auf Arkadiens immergrünen Rasenplätzen.

»So weit, Fräulein Gerda, bis es zwischen der Ehre und der Lebensfreude kein Kompromiss mehr gibt.«

Sie verbarg das Gesicht in den Händen, und klare Perlen glänzten zwischen den weißen Fingern.

Es fuhr wie ein Blitz durch Arvids Seele. Großer Gott, stand es so!

Und als er sich erhob, um zu gehen – um sie nicht zu sehr zu ermüden, wie er sagte – und als er die abgezehrte, knochige Hand zum Abschied drückte, blickte er tief in das teure Antlitz und sagte:

»Doch die Gesetze der Ehre und die Vorschriften der Konvenienz sind, wie Sie wissen, Fräulein Gerda, nicht alle Zeit gleichbedeutend. Das Urteil des Gewissens ist ein Ding, das Urteil der Welt ist ein ander Ding. Falsche Scham hat schon manchen, der noch den rechten Weg hätte finden können, dorthin getrieben, wo die schwachen Seelen ...«

Er verstummte.

»Die schwachen Seelen?«

»... tief fallen oder ... Hand an ihre körperliche Hülle legen.«

Sie bohrte das glühende Gesicht tief, tief in die Kissen, und die eingesunkenen Wangen brannten, da ihr klar wurde, dass sie nicht mehr allein die Hüterin des Geheimnisses war, das ihr unter ihrem Leiden zur Erkenntnis gekommen war, des Geheimnisses, dass Gerda Stalskölds klarer Kopf den falschen Weg eingeschlagen hatte, als er glaubte, ohne Begleitung des Herzens, fest und sicher auf dem von Gold und Rang gebahnten Wege zum Traualtar, durchs eheliche Leben in Leid und Freud' vorwärts schreiten zu können.

Als sie endlich wieder aufblickte, war sie allein.

10. Bruch

In der vornehmen Welt erregte es großes Aufsehen, dass die Verlobung zwischen Graf Axel Swedenhjelm auf Säfby und Baronesse Gerda Stälsköld aufgehoben worden war.

Dass ein in der Klemme sitzender Adeliger sein Wappenschild gegen klingende Münze austauscht und später, wenn er die »Mamsell«, die die notwendige Zugabe bildet, zu ungenießbar oder die Vergoldung zu dünn findet, sein Versehen verbessert, nun, das mag hingehen. Aber zwei alte Familien, Kinder von Ehrenmännern, selbst Jugendfreunde, nein, das war zu stark.

Jeder wusste natürlich ganz genau, wie das zugegangen war. Der eine hatte es aus sicherer Hand, dass Fräulein Gerda die Pocken gehabt, und Graf Axels Liebe vor den Narben nicht Stich gehalten hatte. Einem andern war es ganz klar, dass die

Braut, die sich noch nicht ganz wieder erholt hatte, die Hochzeit bis zum nächsten Frühling hatte hinausgeschoben wissen wollen, dass der Bräutigam seine getäuschten Hoffnungen gerade nicht in zartester Form ausgedrückt, dass ein Wort das andere gegeben und es so zum Bruche gekommen wäre. Ein Dritter zuckte die Achseln über diese Albernheiten und fand es merkwürdig, dass »die Herrschaften nicht wussten, dass Fräulein Gerda alles Haar durch die Krankheit verloren hatte, nun mit einem Netze ging, grässlich aussah, Pietistin geworden war und mit Graf Axel gebrochen hatte, weil er sich dagegen auflehnte, in Gesellschaft der Mägde allabendlich Betstunde zu halten.«

Damit wir nicht länger im Unklaren bleiben, müssen wir eine große Indiskretion begehen. Wir beugen uns über Baronesse Gerdas Schulter, während sie, noch sehr schwach und bleich, an einem Augustmorgen, da die ersten Herbstwinde über die Felder streichen, am Fenster ihres kleinen Zimmers sitzt und schreibt:

Axel!

Diesen Brief schreibe ich, ohne dass meine Eltern darum wissen. Sie würden sonst alles tun, damit er ungeschrieben bliebe. Ich ertrage keine Bitten und Stürme; ich muss eine feststehende Tatsache zu meiner Stütze haben, um ihnen damit zu begegnen, und erwarte darin Hilfe von dir, sollte sie mir auch nur aufgrund des verletzten Mannesstolzes werden. Weiter begehre ich nichts von dir, Axel. Ich kann nicht dein Weib werden! Vergib mir, dass ich es so lange geglaubt habe, dass ich durch diesen Irrtum unbewusst einen edlen Mann betrogen habe, den ich – ich rufe Gott zum Zeugen dafür an – glücklich zu machen fest entschlossen war!

Mein Herz schlägt vor Rührung bei dem Gedanken an deine Zärtlichkeit und Besorgnis, als Papas Telegramm dich an mein Krankenbett rief. Du verdienst eine Frau, die die

Zuneigung deines guten Herzens voll und ganz erwidern kann. Ich kann das nicht; gerade diese Krankheit, die mich zum ernsthafteren Nachdenken über das Leben und die Zukunft gebracht hat, hat mir wohl gezeigt, dass ich Achtung und Neigung zu dir fühlte und stets fühlen werde, aber auch, dass dieses Gefühl zu wenig ist, um ein eheliches Glück darauf zu bauen. Ich glaube, dass es in der Ehe Prüfungen gibt, denen gegenüber es nicht standhalten würde.

Ich erinnere mich mit Schmerz deines forschenden Blickes, als du mich verändert fandest, obgleich ich wohl stets eine Braut war, die deiner Nachsicht bedurfte. Mit Wehmut erinnere ich mich auch deiner Trauer über den Aufschub des Festes, das uns vereinen sollte.

Hätte es sich nur um meine Zukunft gehandelt, so würde ich vielleicht mein Wort nicht zurückgenommen haben. Ich glaube nicht, dass ich jemals für einen Menschen die Gefühle werde hegen können, mit denen sich ein gemeinsames Glück bauen lässt. Doch du bist eines besseren Schicksals wert als des kühlen häuslichen Behagens, das dir die Pflichterfüllung deiner Gattin vielleicht schenken könnte. Vielleicht hat dir dein eigenes Herz schon etwas davon gesagt, was ich dir nicht so klarlegen kann, wie ich möchte, weil mich die Unmöglichkeit, die rechten Worte, die am wenigsten verletzenden Ausdrücke zu finden, daran hindert.

Könntest du mich ohne Bitterkeit sehen, und erlaubte die Konvenienz, der wir schon durch die Auflösung unseres Verhältnisses einen Schlag versetzen, vor dem ich als Frau zurückbebe, erlaubte sie uns, noch einmal zusammenzutreffen, so glaube ich, dass ich dir mündlich besser erklären könnte, was mich zu diesem Schritte getrieben hat.

Demütig und innig bitte ich dich noch einmal, mir den Schmerz zu verzeihen, den ich deinem guten redlichen Herzen zufüge! Ich hoffe aufrichtig, dass der Tag kommen wird, wo du in der Verbindung mit einer deiner würdigen Gattin ein Glück finden wirst, so groß, dass du mir für das danken kannst, was ich heute mit schwerem Herzen tue.

Gerda.

Der alte Graf war auf einem der Vorwerke gewesen und traf Graf Axel erst am Mittage desselben Tages, als Gerdas Brief in Säfby angekommen war. Axel sah verstört aus. Das Antlitz war leichenblass, und der riesenhafte blonde Schnurrbart zitterte. Beide Herren waren im Reitanzuge.

»Im Namen des Herrn! Was ist das, Axel? Was ist mit dir? Ist Saïda ein Unglück passiert?«

»Nein, Papa, aber ...«

»Geht sie nicht gut? Kannst du ihr nicht die Unmanier abgewöhnen, dass sie beim Traben den Kopf zu sehr hängen lässt? Etwas ist los, Axel!«

»Lies!«

Auf dem feingezeichneten Kopfe des alten Grafen schwollen die Stirnadern, während er las; dunkle Wolken zogen über sein Gesicht und zu jedem Worte schlug er den Takt mit seiner Reitgerte auf dem blanken Schafte seines hohen Stiefels.

»Welche Beleidigung! Wir wollen ihnen ... Oder liebst du sie noch, das launenhafte, verrückte Mädchen?«

Es fuhr ein Leuchten über das bleiche Antlitz, und die hübsche, schlanke Gestalt schien um einige Zoll zu wachsen.

»Ja, Papa!«

»Na na, mein Junge! Vergiss, was ich sagte. Ein bisschen Schwäche und Nervenüberreizung nach der Krankheit. Grillen, weißt du. Da steht ja mit deutlichen Buchstaben, dass sie sich aus keinem anderen etwas macht, und einen muss ein gesundes, ausgewachsenes, dreiundzwanzigjähriges Mädchen doch wohl lieben. Folglich liebt sie dich!«

Stolz über die schlagende Logik dieses Beweises spazierte der alte Graf die Allee hinauf. Die Reitgerte peitschte noch fortwährend den Stiefelschaft, und er murmelte tröstend:

»Ruhig, mein Junge! Meiner Seel', ich werde meinem Freunde Casimir den Standpunkt klar machen. Was der Tausend! Wie kann der Narr seine Kinder so erziehen! Du siehst wohl nach, dass Palmerstons Vorderbeine jeden Morgen gewickelt werden? Und dann Massage. Sakramentischer Sehnenklapp! Ja, ja, das Leben hat seine Prüfungen, mein Sohn!«

Baron Casimir war in Verzweiflung, konnte aber bei der Sache selbst nichts mehr tun.

»Lieber Bruder«, so schloss seine Antwort, »ich bin gezwungen, einzugestehen, dass ich mit meinem eigenen Kinde nichts anfangen kann. Außer der Stålstöld'schen Gewissenhaftigkeit hat sie mütterlicherseits den Gripenstam'schen Eigensinn geerbt, und mit Trauer sehe ich eine der schönsten Hoffnungen meines Lebens zusammenbrechen. Ich bin machtlos, und Julie ist es ebenfalls. Behalte trotzdem noch ein wenig Freundschaft für deinen alten Jugendfreund Casimir.«

Es wurde still im Familienkreise in Säfby, als der alte Graf diesen Brief laut vorlas.

Graf Axel stützte den Kopf in die Hände, und als sein Vater zu Ende gelesen hatte, trocknete er verstohlen eine Träne und ging hinaus, ohne ein Wort zu sagen.

Die Alten schwiegen und sahen einander betrübt an. Plötzlich fuhr die Gräfin auf:

»Mein Gott, Axel sah so seltsam aus! Er wird sich doch kein Leid antun! Axel, Axel!!«

Draußen im Vorsaal erreichte sie ihn.

»Axel, wohin gehst du?«

Er lehnte sein feines, bleiches Gesicht an die Schulter der Mutter, und sie fühlte, wie seine Gestalt unter konvulsivischem Schluchzen erzitterte.

»Mama, sie hat mein Herz gebrochen! Ich gehe ...«

»Um Gottes willen, wohin?«

»Ich gehe ... ich will ... Bianca und Fatima vor den Jagdwagen spannen lassen. Ich bedarf der Zerstreuung, Mama.«

Zehn Minuten später standen die beiden Alten am Salonfenster und sahen ihren teuren Sohn die Allee hinunterfahren. Bianca sträubte ihre silberweiße Mähne und setzte ihre gelbweißen Hufe so kokett und graziös, als sei sie ein Fräulein von Swedenhjelm auf einem Hofhalte. Fatima war Feuer und Flamme und biss so in das vernickelte Geschirr, dass der Schaum die kastanienbraune Brust bespritzte. Stolz wie ein Gott zügelte Graf Axel die beiden Rosse. Die bleichen Wangen hatten Farbe bekommen, und ein befehlender Zug lag um den Mund.

»Und einen solchen Mann hat sie verschmäht!«, seufzte die Gräfin in mütterlichem Kummer und Stolz.

»Ja, Weiber sind Weiber, man weiß nie, wie man mit ihnen daran ist«, meinte der alte Graf.

»Nun, aber, Hugo! Ich habe doch nie solche Ausflüchte gemacht!«

Der Graf blickte das gelbe, kantige, verwitterte Gesicht seiner kleinen Gemahlin, die eigentlich nie anders ausgesehen hatte, ein wenig von der Seite an und dachte daran, wie schwer es ihm seinerzeit geworden war, sich zu »Mamsell« Bergmann zu bequemen, trotzdem sie eine halbe Million hatte und er die Hypotheken seines Fideikommisses einlösen musste. Ein leichtes Lächeln spielte unter dem grauen Schnurrbart, und er klopfte sie freundlich auf die Achsel, als er antwortete:

»Nein, den Vorwurf kann ich dir wirklich nicht machen, mein süßer Schatz!«

11. Konfirmationsunterricht

Es war am zwanzigsten Sonntag nach Trinitatis. Der Oktober hatte angefangen, und die blaugefrorenen Kinder Gottes in Quislinge folgten nur mit halber Seele den gottesdienstlichen Verrichtungen; die andere Hälfte hing an den Kartoffelfeldern und schwebte zwischen Furcht und Hoffnung über die Wirkung der Nachtfröste, bis das edle Knollengewächs unter Dach war. Und die, welche hochliegende Äcker hatten und schon mit dem Aufnehmen fertig waren, die saßen in anderen Ängsten und hatten vielleicht mehr Sorgen über die fallenden Viehpreise als um ihre unsterbliche Seele.

Der Altardienst war zu Ende, und man sang den Gesang vor der Predigt. Drinnen in der Sakristei saß Arvid Magnussen in vollem Ornat und strich mit der Hand über die Blätter des Handbuches. Er wollte das darin verwahrte Papier noch einmal durchsehen, auf dem er die Disposition seiner Predigt zur Leitung des freien Vortrages aufgezeichnet hatte.

Neben ihm stand Küster Helmqvist, ebenso breitbeinig wie im Frühlinge, aber etwas ehrerbietiger im Wesen. Der neue Pastor war bis jetzt noch nicht zu ihm gekommen, um Geld zu leihen oder um eine andere Gefälligkeit zu bitten, und hatte stets freundlich, aber bestimmt jede Unterhaltung in der Sakristei über Dorfklatsch zurückgewiesen.

Nun hatte der alte Helmqvist doch deutlich etwas auf dem Herzen, das er seinem Seelsorger durchaus mitteilen musste, koste es, was es wolle.

»Herr Pastor ...«

»Wünschen Sie etwas?«

»Verzeihen Sie, Herr Pastor, sind Sie kürzlich bei Barons in Hjelmskog gewesen?«

»Nein«, antwortete Arvid erstaunt und blickte den Küster fragend an.

»Hm, hm ... Sie wissen also noch nicht, dass die Baronesse ihrem Grafen abgeschrieben hat, Herr Pastor?«

Der Pastor zuckte zusammen und erhob sich zur Hälfte vom Stuhle, um das Gespräch abzuschneiden, aber – seine Knie waren mit einem Male so wunderlich schwach geworden.

»Das kann wohl kaum wahr sein.«

»Ja, das ist so wahr wie der helle Tag. Meine Brudertochter ist Kammerjungfer da. Sie kennen Sie ja, Herr Pastor, Schuhmachers Fina.«

»Ja so ... hm ... Helmqvist seien Sie so gut und gehen Sie aufs Orgelchor und sehen Sie nach, wie der junge Seminarist, der heute spielen und den Gesang leiten soll, damit fertig wird.«

Nein, der Priester war doch unmöglich. Einem als Antwort auf eine so interessante Neuigkeit eine Ermahnung zu geben, dass man auf seinen Dienst passen sollte!

Ach, unser Herr hat wahrhaftig etwas zu tun, um sowohl seine Hirten wie seine Schäflein auf dieser Erde in Ordnung zu halten. In den großen, feinen Sammelplätzen, wo die Schäflein Gesellschaft spielen und die Hirten mehr oder minder Christi Kavaliere sind, da mag es angehen, aber hier draußen in Quislinge! Ach, hier saßen die Schäflein und sorgten sich um ihre Kartoffeln, und der Hirt sah mit dem Blicke seiner Seele nur ein paar braune durchbohrende Augen unter einer breiten, niedrigen Stirn, er hörte in seinem Herzen nur eine Stimme, welche jubelte: »Frei, frei!«

Und als die Predigt beendigt und der Altardienst und die Verkündigungen abgetan waren, und er mit Mutter Martha in dem kalten Winde seinem kleinen, gemütlichen Heim zuschritt, war es ihm, als ob das sausende Laubwerk flüsterte: »Sie ist frei!«

Doch was nützte es ihm, dass sie jetzt wieder frei war? Im Gegenteil: Wäre die Hochzeit im August gewesen, wie es beabsichtigt war, dann wäre sie jetzt weit, weit fort. Hätte sie nun zu Weihnachten geheiratet, wie man es später, als man Gerda gerettet wusste, bestimmt hatte, würde sie auch nicht mehr lange in seiner Nähe geblieben sein. Doch nun, nun galt es stark zu sein, sie nie mehr zu treffen, als wenn er dazu gezwungen war, einmal im Jahre oder vielleicht zwei. Der Kampf mit dem blinden Gotte blieb ebenso verzweifelt, aber er war nun gefährlicher geworden. Und doch sang der Nordwind: »Frei! Frei!«, und doch kreischte die Wetterfahne auf dem Giebeldache: »Sie ist frei!« Sie riefen es beide so deutlich, dass er seine Mutter von der Seite ansah und sich wunderte, dass sie es nicht auch hören konnte.

Stark war er und Widerstand leistete er wie ein Mann.

»Besuchen Sie uns doch einmal in unserer Einsamkeit«, bat der Baron, als sie einmal zufällig zusammentrafen.

»Ich danke Ihnen vielmals, aber leider haben die Hausverhöre jetzt meine ganze Zeit in Anspruch genommen.«

»Aber Arvid, wenn nur Barons nicht böse auf dich werden, weil du dich nie mehr bei ihnen sehen lässt?«, fürchtete Mutter Martha.

»Ich mag nicht daran denken, Mutter, dich hier so die ganzen langen Herbstabende allein zu lassen.«

»Ach, Arvid, nicht will ich, alte Kreatur, dass du hier sitzest und um mich deine freie Zeit vertrödelst. Nach Sjöreda fährst du auch nicht mehr. Die können dir Eva bald wegschnappen. Lotte ging so schnell ab, ja, das tat sie!«, brummte die Alte.

Es wurde Advent.

Wenn Schnee vom Himmel fällt in leichten Flocken,
Die Seele ab sich kehret von der Sünde Locken,

Aus Edens Tür ein heller Lichtschein brennt,
Erstaunet nicht, das ist Advent, Advent.

Wenn durch die klare, winterkalte Luft
Im Windesrauschen eine Stimme ruft:
»Bald kommt das Kind, das uns der Himmel send't!«
Wacht auf zur Freud', das ist Advent, Advent!

Doch in dem kleinen Hirtenzelte in Quislinge war es nur Mutter Martha, die sich voll und ganz in die Bedeutung der Adventszeit hineinlebte. In Arvids Innerem wurde der Klang der himmlischen Chöre von zwei irdischen Stimmen übertönt, von denen die eine in Dur sang: »Sie ist frei!«, und die andere in Moll: »Dir wird sie doch niemals, niemals angehören!«

Der erste Schnee fiel, und er hatte noch nicht lange gelegen, als stattliches Schellengeläute am Stakete des Quislinger Pfarrhofes erklang. Baronesse Stålsköld kam mit der kleinen Ellen, um diese bei dem Pastor als Konfirmandin anzumelden.

Gerda war ernster geworden; aber der Ausdruck von Schwäche, den die Krankheit zurückgelassen hatte, das neue, dunkle, weiche Haar, kurz wie auf einem Knabenkopfe, das an Stelle des im Fieber ausgegangenen langen Haares wieder wuchs, ließ sie weiblicher und reizender erscheinen als je zuvor. Sie glich noch mehr der Gerda im Krankenzimmer als Gerda der Salondame.

»Danke für den Krankenbesuch, Herr Pastor! Jetzt werden Sie es vielleicht besser verstehen, was mich ängstigte und mir im Sinne lag, als ich es Ihnen damals klar zu machen vermochte?«

»Ja, ich verstehe ...«

Es ist nicht leicht, mit einem jungen Mädchen über ihre zurückgegangene Verlobung zu sprechen. Ist es dazu noch ein Mädchen, das man liebt, da ...

Nun kam die kleine schüchterne, unausgesetzt errötende Ellen an die Reihe, und ihr Name wurde zu oberst auf die Konfirmandenliste geschrieben.

»Papa und Mama wollten Sie bitten, einmal wöchentlich nach Hjelmskog zu kommen und Ellen dort zu unterrichten, aber ich glaubte, es würde meinem Schwesterchen gut tun, mit den anderen Kindern zusammen zu sein, und bat sie deshalb, davon abzustehen.«

»Ich danke Ihnen, Baronesse, Sie haben mir dadurch die Unannehmlichkeit erspart, zu dem Herrn Baron ›Nein‹ sagen zu müssen.«

Gerda blickte zu ihm auf. Er war doch ein Mann. Das reichliche Honorar, auf das er für den besonderen Unterricht des »Herrenkindes« selbstverständlich hätte rechnen können, galt dem armen Prediger augenscheinlich für nichts.

»Störe ich, wenn ich Ellen zuweilen begleite? Es würde mir eine so teure Erinnerung an meine eigene Konfirmationszeit sein, die glücklichste Zeit, die ich durchlebt habe. Ich werde ganz still sitzen.«

Der Pastor gab ihr die Versicherung, dass sie willkommen wäre, aber er log. Half es denn gar nichts, dass er ihren gefährlichen Anblick vermieden hatte? Und außerdem genierte ihn diese unbewusste Zensur über seinen Unterricht.

Doch das Menschenherz ist schwach. Nach einigen Wochen überraschte es ihn selbst, wie niedergeschlagen und enttäuscht er sich fühlte, wenn Ellen allein kam, und neues Leben, neue Kraft ergossen sich in seine Worte, wenn er wusste, dass »sie« hinter der angelehnten Türe saß, sie, der er niemals seine Herzenspein gestehen durfte, aber bei der er doch so hoch und gut stehen wollte, wie es ein geringer Prediger bei einer Weltdame von hohem Rang nur konnte.

»Ich darf wohl nicht so dreist sein, ein Tässchen anzubieten? Der Kaffee ist nicht so schlecht, das ist er wirklich nicht, da ist nur ein klein bisschen Zichorien drin«, fragte Mutter Martha manchmal nach dem Schlusse der Stunde.

Und dann saßen sie alle vier in der kleinen, guten Stube, und die echtsilbernen Teelöffel und die Tassen mit den blauen Blumenranken wurden hervorgeholt.

Wenn sie dann wieder nach Hjelmskog zurückfuhr, strahlten Gerdas Augen und ihre Wangen brannten. Sie wurde wieder mehr und mehr die frühere, gesunde, starke Gerda, die der Typhus aus den goldenen Banden erlöste, indem er sie in seine eigenen schlug.

Sie genoss Arvids gesunde, lichte, frohherzige Darstellung der religiösen Wahrheiten, ohne zu wissen, wie das Wort und die Stimme, die Rede und der Prediger in ihrer Seele zusammenwuchsen.

So wurden es zwei Konfirmationen, zwei »Wiedergeburten«: des zarten Herzens, das sich Gott aufschloss, des jungen, starken, freien Herzens, das sich der schönsten Gabe öffnete, die Gott den Menschenkindern gegeben hat, der Liebe!

Es war ein überlegenes, geringschätzendes Wort in ihrem Elternhause über den Pastor, das Gerda den ersten Lichtstrahl über ihr eigenes Innere gab.

Der Baron war von einem Kirchenrate heimgekommen, auf dem Magnusson und die minderbegüterten Bauern sich durchaus nicht dem Willen des »Gemeindeherrn« hatten beugen wollen. Nun, der Baron und der Schulze hatten die Sache abmacht, aber ein wenig Verstimmung war da.

»Das ist ein steifer Kaplan! Fährt der noch einmal mit der Präpositur des Alten in Sjöreda ab, so wird sich mit diesen Bauerbengeln gewiss gar nichts mehr aufstellen lassen«, hatte der Baron spöttisch beim Mittagstische geäußert.

Oh, wie schnitt es ihr ins Herz, den Vater so sprechen zu hören! Gerda litt immer unter dem Hochmut und der Geringschätzung ihrer Eltern gegen alle, die unter ihnen standen.

Diese Ansichten machten sich oft im Familienkreise geltend, denn sie waren viel zu weltgewandt und gaben viel zu sehr Acht auf die neue Zeitrichtung, um solchen Gefühlen im Gesellschaftsleben Luft zu machen. Gerda hatte eine Empfindung, als sei sie persönlich verletzt worden; ihre Wangen brannten und sie fiel heftig ein.

»Aber, Papa, ein gebildeter, selbstständiger Mann darf doch wohl seine eigene Meinung haben.«

»Ja, Gott bewahre uns, herzlich gern. Und was den langen Quislinger Pfaffen betrifft, so hat er sie auch, und das aus dem Effeff! Aber noch bin ich, Gott sei Dank, Herr in der Gemeinde, mein Töchterchen.«

»Der lange Quislinger Pfaffe« traf sie wie ein Peitschenhieb, und sie musste sich in die Lippen beißen, um die hervorquellenden Tränen zurückzudrängen. Ach, sie hätte ihn so hoch stellen mögen, so hoch, dass die ganze Welt sehen könnte, wer der »Quislinger Pfaffe« war, und niemand mehr wagen dürfte, ihn gering zu achten ...

Sie hätte ...

Drinnen in ihrem eigenen kleinen Zimmer brach die Tränenflut aus. Und das Bad der heißen, warmen Tränen spülte alles fort, was noch zwischen ihnen lag. Im Glanze der brennenden, träufelnden Diamanten stand das Bild des »Quislinger Pfaffen«. Er war ihr der Höchste, der Beste unter allen Männern und sie sah ein, dass sie ihm so allmählich allzu nahe getreten war.

Und dies, war dies die Liebe, deren Wesen sie nie verstanden hatte?

Nein, nein, so war es nicht. Eine krankhafte Nervenüberreizung war es, und weiter durfte es nicht gehen. Ihre Eltern waren so gut gewesen und hatten so bald von ihren Bitten, dass sie nicht mit Axel brechen sollte, abgestanden; nie wieder wollte sie ihnen Kummer bereiten.

Und im Frühlinge, als die Wege wieder schon trocken waren, als die Sonne schien und die Wogen lächelten, wischte und rieb Mutter Martha vergebens ihre blumenverzierten Kaffeetassen und sah umsonst über den Zaun nach ihrer lieben, guten Baronesse aus. Gerda begleitete Ellen nie mehr.

Die Konfirmanden fanden den Pastor immer ernster; vielleicht weicher und liebevoller als vorher, aber mit wehmütigerem Tone. Sie schoben dies auf den bevorstehenden Schluss des Konfirmationsunterrichtes, auf das feierliche Sakrament des Altars und auf die Leidensgeschichte des Herrn, die er gerade mit ihnen durchnahm.

»Kommt denn das gnädige Fräulein nie mehr mit?«, fragte Mutter Martha.

»Danke, liebe Mutter Martha, sie hat so schrecklich viel zu tun.«

»Nein, Kreuz, sie macht wohl furchtbar schöne Sachen? Stickereien und so was?«

»Oh, nein, meistens sitzt sie und trennt die Grafenkronen aus ihrer Aussteuer aus«, erklärte die kleine Ellen ganz naiv.

Das Laub war ausgeschlagen, die Inseln prangten in Grün, und der Sommer war da, als Gerda Arvid zuerst wiedersah. Es war Pfingsten, und er stand vor dem Altar, umgeben von der Jugend, die konfirmiert wurde und ihn während des Unterrichts lieben gelernt hatte. Die Sonnenstrahlen lächelten durch das große Chorfenster und spielten im Samt und in den Silbersternen der Altardecke, in den weichen Locken der jungen Köpfe und in dem hohen, schwarzen Haupte, das über sie alle hervorragte. Seine Stimme klang so warm und mild, als er die Gedanken der Jungen aus dem Säulengang der Dogmatik in den Schoß der Natur führte und sie lehrte, auch dort den Freund zu finden, den wir überall suchen. Er wandte sich zu Ellen Stålsköld und fragte sie, ob sie sich einer der Stellen aus unserem schwedischen

Gesangbuche erinnerte, die unsere Gedanken besonders auf Gott in der Natur lenken.

Mit errötenden Wangen und anfänglich kaum hörbarer Stimme gab Ellen ihre Antwort; aber die Stimme wurde lauter und die kleine Elfengestalt richtete sich frei auf, als sie die Schlussstrophe begann:

»Oh, wenn sich uns in jedem Lebensborn,
So viel des Großen zeigt, in jedem Erdenkorn,
Wie herrlich muss die ewige Quelle sein,
Wie schön und rein!«

»Wirklich ein Entzücken, das Kind anzuhören«, murmelte der Baron ganz gerührt in seinem Stuhle.

Gerda saß und sah Arvid und ihr Schwesterchen unverwandt an. Es kam ihr in den Sinn, wie Graf Axel einmal während ihrer kurzen Verlobungszeit mit Begeisterung geäußert hatte: »Nächsten Sommer nehme ich mein Weibchen mit zum Manöver. Und dein Herz wird sich mit Stolz füllen, Gerda, wenn du mein Regiment wie einen Wirbelwind dahin brausen siehst, Steigbügel an Steigbügel, so dass es in jedem Gelenke knackt und in jedem Nerv zuckt, und die Luft kaum Zeit hat, den Uplandsdragonern aus dem Wege zu gehen!«

Nun war der Sommer hier, aber ihr Held brauste nicht wie ein Sturmwind an der Spitze rascher Reiter dahin. Er trat auf wie das leise Säuseln der sommerlichen Luft in den Wäldern des Nordens, und sein Regiment schwor mit Tränen in den blauen Kinderaugen zu der Fahne des Lammes. Und trotzdem – nie hatte sie es deutlicher gefühlt – würde sie strahlend stolz und jubelnd glücklich gewesen sein, wenn sie ihn »ihr eigen« hätte nennen dürfen. – –

Einige Tage darauf fuhr der Baron mit seiner ganzen Familie nach Wiesbaden.

Fräulein Gerda bedurfte einer Nachkur.

Erzählungen aus dem Biedermeier

Biedermeier - das klingt in heutigen Ohren nach langweiligem Spießertum, nach geschmacklosen rosa Teetässchen in Wohnzimmern, die aussehen wie Puppenstuben und in denen es irgendwie nach »Omma« riecht.

Zu Recht. Aber nicht nur.

Biedermeier ist auch die Zeit einer zarten Literatur der Flucht ins Idyll, des Rückzuges ins private Glück und der Tugenden. Die Menschen im Europa nach Napoleon hatten die Nase voll von großen neuen Ideen, das aufstrebende Bürgertum forderte und entwickelte eine eigene Kunst und Kultur für sich, die unabhängig von feudaler Großmannssucht bestehen sollte.

Georg Büchner Lenz **Karl Gutzkow** Wally, die Zweiflerin **Annette von Droste-Hülshoff** Die Judenbuche **Friedrich Hebbel** Matteo **Jeremias Gotthelf** Elsi, die seltsame Magd **Georg Weerth** Fragment eines Romans **Franz Grillparzer** Der arme Spielmann **Eduard Mörike** Mozart auf der Reise nach Prag **Berthold Auerbach** Der Viereckig oder die amerikanische Kiste

ISBN 978-3-8430-1884-5, 444 Seiten, 29,80 €

Erzählungen aus dem Biedermeier II

Annette von Droste-Hülshoff Ledwina **Franz Grillparzer** Das Kloster bei Sendomir **Friedrich Hebbel** Schnock **Eduard Mörike** Der Schatz **Georg Weerth** Leben und Taten des berühmten Ritters Schnapphahnski **Jeremias Gotthelf** Das Erdbeerimareili **Berthold Auerbach** Lucifer

ISBN 978-3-8430-1885-2, 440 Seiten, 29,80 €

Erzählungen aus dem Biedermeier III

Eduard Mörike Lucie Gelmeroth **Annette von Droste-Hülshoff** Westfälische Schilderungen **Annette von Droste-Hülshoff** Bei uns zulande auf dem Lande **Berthold Auerbach** Brosi und Moni **Jeremias Gotthelf** Die schwarze Spinne **Friedrich Hebbel** Anna **Friedrich Hebbel** Die Kuh **Jeremias Gotthelf** Barthli der Korber **Berthold Auerbach** Barfüßele

ISBN 978-3-8430-1886-9, 452 Seiten, 29,80 €